海丝回响

李桥航 ◎ 著

SPM
南方传媒 花城出版社

中国·广州

图书在版编目（ＣＩＰ）数据

海丝回响 / 李桥航著. -- 广州 ：花城出版社，
2024.5
2021-2022年度佛山市文联重点文学工程
ISBN 978-7-5749-0220-6

Ⅰ．①海… Ⅱ．①李… Ⅲ．①诗集－中国－当代
Ⅳ．①I227

中国国家版本馆CIP数据核字(2024)第071635号

出 版 人：张 懿
责任编辑：李 谓 安 然
责任校对：李道学
技术编辑：林佳莹
封面设计：林 希

书　　名　海丝回响
　　　　　HAISI HUIXIANG
出版发行　花城出版社
　　　　　（广州市环市东路水荫路 11 号）
经　　销　全国新华书店
印　　刷　佛山市迎高彩印有限公司
　　　　　（佛山市顺德区陈村镇广隆工业区兴业七路 9 号）
开　　本　880 毫米 ×1230 毫米　32 开
印　　张　6.75　1 插页
字　　数　140，000 字
版　　次　2024 年 5 月第 1 版　2024 年 5 月第 1 次印刷
定　　价　48.00 元

如发现印装质量问题，请直接与印刷厂联系调换。
购书热线：020-37604658　37602954
花城出版社网站：http://www.fcph.com.cn

目 录

放眼世界，寄情历史写沧桑

张　况

　　近十年来，广东佛山连续主办了七届"中国长诗奖"，在国内掀起了一股长诗写作热潮，为诗坛所瞩目。借这股东风，佛山多位诗人均有长诗佳作面世并获奖。南海区的青年教师李桥航就是其中的佼佼者，他的长诗《大河绵延》荣获第四届中国长诗奖·最佳新锐奖就是一个明证。

　　李桥航是近年来佛山诗歌界涌现出来的一棵好苗子，他的长诗作品有分量、有力量、有质量，在佛山长诗写作者中颇具代表性。他的长诗《大河绵延》获得了2017—2018年度佛山市文联重点文学工程扶持，是仅有的两部获扶持长诗作品之一。今年，他的长诗新作《海丝回响》再次获得市文联的扶持。这既是市文联对长诗写作的一种支持态度，同时也是对李桥航个人的一种褒扬奖励。两次入选重点扶持，这当然是创作实力的体现。现在，李桥航的第二部长诗即将付梓之际，他诚惶诚恐嘱我写序。我心潮澎湃乐而为之。

李桥航现为佛山南海狮山高级中学一名语文教师，广东省作家协会会员，佛山市作协理事兼诗创委副主任。李桥航给我的印象永远是谦虚、诚恳、内敛。他是语文老师，据说他的语文课颇受孩子们欢迎。一位诗人做语文老师，对于孩子们来说，这是一种荣幸，课堂肯定活跃许多。桥航是个内秀的人，兢兢业业为孩子们发光发热，年复一年，培养了一批又一批朝气蓬勃拥有远大前途的孩子，孩子们不断向上向善，将来成龙成凤报效祖国，倚马可待。

李桥航善于阅读，善于思考，善于构思重大题材。这是他的一种独特能力。作为一名有智慧有追求的青年诗人，他致力于用文学作品表现历史文化，确实很难得，这也是我看重他的地方。

近年来，我经常读到桥航的诗歌作品，长诗短制，不一而足，总体感觉成色不错。看到他一直在进步，我感到由衷的高兴。一个写作者有没有前途？我认为就看他的文本有无可观之处，作品有无长足进步。我是看着桥航一步一个脚印成长起来的。所谓一分耕耘一分收获。他的努力确实得到了缪斯的垂青，所以他有了可喜的收获。为此，我要衷心祝贺他。

教师生活也许是单调寡味的，但桥航似乎很享受这种生活方式。他乐教善思，善于挤时间阅读写作，正是因为业余有文学爱好，他的日子才过得如此充实惬意。桥航显然很珍惜自己的执教生涯和写作时光。二者相得益彰，造就了他诗意栖居的高质量生活。他把大部分的业余时间都用来阅读、思考、写作，最终成就了他作为一名诗人的理想使命。

我一直固执地认为诗歌的最大对手是语言。如果说李桥航早期的作品还存在各种各样的毛病和这样那样的不足，那么经过近几年来的沉淀与发力，他的作品已经逐渐走出了这种困境，有了新的起色和可爱的形象。这是他努力的结果，也是温馨的文字对他勤奋笔耕的最好回报。

新时代充满各种机遇挑战，疫情三年使得人类的生存环境变得愈加严峻。作家、诗人们的生活节奏明显被打乱，一些写作者难以静心创作，鲜有佳作面世，显然是失之于浮躁了。所幸桥航并没有受到多大影响。相反，疫情形成的空档，反而使他静下心来思考自己的写作方向，寻求新的创作路径。桥航对我说，疫情三年他过得非常充实。我想，《海丝回响》这部长诗就是他无惧风雨勇敢向疫情挑战的庄重战书和青春答卷。

放眼看世界，寄情历史文化，从中汲取养分，储备写作素材，静心思考，默默写作，这是李桥航的业余生活方式。经过多年沉潜，能写出有格局有分量的作品，想想也就不足为奇了。

为李桥航写序，就是想弘扬他这种静静地阅读思考、静静地写作的为文精神，就是要表扬他的思考能力和创作激情。从某种意义上讲，他的诗歌能够塑造鲜活的意象，结构宏大的文本，对他个人的写作生涯是意义重大的。我觉得，佛山诗人目前最欠缺的就是这种坐得住、稳得下、写得了、出得来的创作状态和从文精神。

这部《海丝回响》是《大河绵延》的姊妹篇，全诗包括：《南迁，源于古老的寓言》《东西亚，打开时间的视野》《求法，生命上升的偏好》《避难，周期性的稻谷移植》《拓殖，代天巡狩的假想》《迷乡，窃取火种的代价》《豪杰，奇迹地带的生存》《故乡，这把缰绳般的钥匙》《大戈壁，力量萌发的场域》《〈论语〉，普世的木铎之声》《终将汇聚于大湾，这颗心》等十一个章节。是诗人对海上丝绸之路这条历史"飘带"的深情回眸和诗性探索。桥航试图静心谛听历史的心音和回响。作品中的历史观、国家观、自然意识和先锋意识是值得褒扬的，这也是这部长诗的诗学价值所在。

史载，古代岭南是海上丝绸之路的重要起点，有着很深的海洋文明烙印。中国人打造的"海丝"是一条造福沿岸人民的温情"历史飘带"，与西方的"枪炮殖民"有着本质上的区别。桥航在这部长诗中注重强调"海丝"的历史性建设作用，试图通过对"苦难辉煌的追述"和对"美好未来的憧憬"这两大主题，搭建一个共同的抒情支点，为"历史回响"注入新的思考、新的内涵，并由此进行诗性呈现。全诗洋溢着可贵的历史自信和文化自信。

我认为，一部长诗作品成功与否，既要看诗歌文本结构是否合理，诗歌语言能否突破传统表达方式，是否具有独特新颖的

诗歌意象，同时更要看文本的中心思想是否真正表达到位。现实
生活中，很多人会生孩子，但不会起名字，这是由于文化理念缺
失造成的。桥航这部长诗总体上没有这方面的大毛病，但毋庸讳
言，其细节设置上确实还存在不少值得商榷的地方。通读这部长
诗后，我觉得最突出的是诗歌的主题和作品的中心思想被他提炼
出来了。这体现了他出众的思考能力和结构能力。这部长诗在语
言方面较之上一部《大河绵延》也有了较大进步，刻意打磨的痕
迹和武断式的硬伤明显少了很多。这令人鼓舞，值得点赞。

　　诗人李桥航对于幸福一词的理解跟普通人也是不一样的，人
民教师李桥航把思考、阅读和写作当成此生最大的幸福。因此，
他在写作上有了收获的喜悦。

　　时移世易，个人的传统观念与现实主义的边界其实越发变得
模糊了。对一个写作者来说，从底层走来，进行深层次的思考，
写出高层次的作品，这不仅需要智慧和才华，更需要勇气和毅
力。桥航显然拥有了这两方面的能力，因此，他能做到教师与诗
人角色之间的自由跨界，他的写作水平得到不断提高是必然的，
也是与他草根出身的底层生活阅历分不开的。因为他有了自下而
上观察世界的视角。

　　生活是文学创作的源头活水，作品的共鸣是情感最重要的部
分，诗人的作品要尊重内心的情感抒发。一个优秀的诗人应该是
构建内心世界的行家里手。

　　时代是公正的，它向每个人都敞开大门。新时代诗歌的每一

页都凝聚着诗人们的思考，一个诗人要想做历史的老师，就必须先做人民的学生。成功的诗人，首先要有过硬的人品，其次要有过硬的作品，既要将自己满意不满意作为取舍标准，也要将人民满意不满意作为检验文学达不达标的准绳。桥航热爱生活、热爱文学。因此，他时刻留意捡拾生活中的朴素情怀、好词佳句，认真将自己的心里话写出来，将好故事讲给人民听。这其实就是文学为人民抒情的基本要求。

诗人仅凭天赋是不够的，阅读、思考非常重要。我认为，向生活学习，向人民学习，弘扬真善美，应成为诗人的时代责任。真心希望李桥航能继续立足于脚下这块热土，努力挥洒辛勤的汗水，以心中热血，去书写笔下更大的乾坤。

是为序。

张况

2023年9月1日

佛山石肯村南华草堂

■ 张况，著名诗人、作家，中国作家协会会员、中国诗歌学会常务理事、广东省作家协会主席团成员、佛山市作家协会主席。

南迁，源于古老的寓言

这绝不像人类的迁徙

鸟群的迁徙，或回流

或自然的馈赠

适逢把指爪深深扎进纸背

——李桥航《大河绵延》

1

并非要对金缕玉衣
做考古学上的丈量
汉唐的区分度
掩盖不住真相打开时
锄头的疼痛

2

南迁没有沉默
正如我们讲过了，太多的
呻吟、痛苦
从泥泞中提起疲倦的脚
海面焦岩发出捕鼠器般
深入骨髓的惧怖
脸上的青筋
要用一条条街来梳理
而在垃圾桶里翻寻
那刻，作为大衣服的
拥有者包括补丁

透过阳光窥看时的安慰

我们背后的霓虹灯

装饰着警察局的大门

3

理解那种生存

何以如此深刻

嫁接，为何成为事实

沉入浩繁的史料之中

沉入深海

文字已随沉船

混于瓷器的破损过程

没有武器可以识别

哪一场灾难

是独自一人逃亡

还是被史官忽略的笔墨官司？

4

碑碣与建筑

分别以存在的必然性

与时间的可重复性

在一个民族的面孔中冒出

尚未有裂痕的，只能是

锈迹斑驳的钱币

供收藏家们

做一回晚岁的自我缅怀

而当太阳每天投下银子

南洋诸岛在土酋们的餐桌上

孵化出十所房子。三个管家婆

争执着要领养座式闹钟里

探出头来的鸟儿

5

无论钟声的翅膀

是来自麦加还是天竺

但要推算每顿晚餐

与圣餐的合适时刻

非得让航船上的罗盘

对准天上那颗星

像摩西当年带着希伯来人

穿过沙漠

他们换着方式
抵达宗教意义上的绿洲

6

而我们认定大陆漂移学
漂移所经历的
不是所有就是全无
正如信中的地址
依然像老掌柜的账簿：
《宋书·蛮夷传》
《旧唐书·地理志》
从只有相对论才能解释
到便风十日
和宣德间的贡品
构成了大陆
与南洋诸岛的岛链

7

谁想通了古今之变

谁就置身于大陆与海洋之间

波涛隆起

在孤寂的旅程中

是宝藏和美的结合

并以神话的传播速度

航行到对缺陷具有形而上意义的

补偿之岛

那是我们逐渐背对太阳

把背上的责任

连同阴影，从大陆

一截一截地恢复

本有的肤色，怒涛曾撕碎的

并吞噬。这颗心

8

重塑一种形象，一种大地

被江河所改变的形象

——漂木，被冲上沙滩

黄皮肤的记忆中搁着

麻子脸一般的脚印

海鸟盘旋，纠缠着

那双盯着它们看的眼睛

什么时候，洞悉一切

身体为黑暗的浩浩千年

腾出空间，让解剖学的术语

解释胃部的蠕动，带来石头

循环脱离既定轨迹时

是因惊恐，还是发声器的短路

烧掉了短期记忆

9

又或，自足的细胞

不带肢体的暴力

更易融进带记忆的水中

当然，记忆是东方的记忆

故事开头总会讲到

古老大陆上的一座城门

如果不是遭殃的鱼儿

比它更古老。历史的经验

浓缩成小小的寓言

那怎会有涓滴之水

汇成涓涓细流

千百细流，汇成滔滔大江
又怎会有短视的石头
隆起，要比对岸的牛羊还大
说什么悲剧，只是它身上
一颗沙粒？鱼群奔向大海
带着火烧的烙印

第一章

东西亚，打开时间的视野

地理知识，交通方法与探险人才，此三者交需为用，制造侨民之先驱前锋也。苟无此三者，闭关主义可以亘古永存于天壤间。

——温雄飞《南洋华侨通史》

1

"要明白神希望你是什么

并且找到你

在人类中的位置。" [1]

脱臼了，疼痛传染了

整个雁阵，只有飞翔

飞翔，把时间的视野

拉长，拉开多少个世纪的距离

才能把这场风暴看清

阅历代替经历，来抚平

五岭的鬣毛。有一种潮润

在酝酿，博物学家

拿可爱的小兽来召唤

菲律宾群岛的台风

像达摩东来

付给稻草以船费

---

[1] 卢梭《论人类不平等的起源和基础》的序中所引拜尔斯，《讽刺诗》。

2

另一个农业社会的形而上学
为灾后重生送来海水稻的试验
并在千年后，越过海上长城
我们在学习如何种下这根稻草
里面深藏的黄，在显影液中
揉进西域风沙的曝光
像经卷，用汉文翻译
硬译与意译
必有一番地理学的争论
如果，抛开旅行中
小说家的笔法：
魔幻现实主义
转动地球仪吧！
呼呼，是丝绸与海风的对话

3

跟踪一则缥缈的新闻
浮于表面的生活
得不到乡愁的确证

我们只能拿一根竹杖

敲打阿富汗的土地来叩问

却听到有奇怪的声音

从印度传来，只是战略的局限

我们试图想通的，却没有通

暂且，把一种轮回

作为火轮的光影

停泊在西南铁路的终点

像羊群要赶过一座城

只有小孩才能算对

国王的数学题

4

阿拉伯世界送来了

狮子和鸵鸟

狮子什么时候趴在

一面舰旗上，托举落日

我们的恐惧，还停留在

对西王母的居所

那些美好的想象中

明天还是个明天

鸵鸟从脑洞里掏出

两个太阳

其中一个每天晚上

都跟国王讲故事：

蜩与学鸠嘲笑大鹏

试图以自然主义

驳倒海运者

当飞机产生之前

所不断突破的新技术

5

波斯湾患了缯绦缺失症

独占黑色黄金的母鸡

发情期的美丽花纹

惹怒了

黑铁时代晚期的小裁缝

东亚已销毁

大量杀伤性武器

腓尼西亚人的剪刀

裁剪东亚的航线

我们开始穿西服

并非住在西服里，而是

官僚们骑在巨人头上

把玩奇怪的玩意儿

骆驼走进沙漠中的一个隐喻

现实，开始在

货币的交换率中

呈现它的不公

6

"射不主皮。"[①]

当然，君子相信善

在一个民族张力

所能达到的界限

有更好的归程，要比风涛

留在史书上的坏印象更好

当大秦使团

呈贡新的世界版图

士大夫们翻开古久的族谱

翻译出括号里略字的深意

---

① 《论语·八佾篇》子曰："射不主皮，为力不同科，古之道也。"

可以存疑了
象牙、犀角、玳瑁
并没超出我们的封建
像阿房宫那样的移动城堡
经项羽一推，亚洲的中心
便移向天朝

7

大概入海的，都跟一神论
有关，即虚构出漂泊不定的
天文学。星子的座位
却有种长生不死的趋向
再大的空中楼阁，都会预设
排泄未来的下水道
按照卫生条件
区分人种的思想
患有洁癖的宝座
无法理解海西人的变幻术
吐火，自肢解，易牛马头
重译保存了我们熟悉的
马厩里的气味

8

借着印度洋的海岸线

老马般的嗅觉

中国的丝绸图谱，在经纬仪的

定位中，现出它的路径

诗人从月神的战车中得到灵感

每一段航程

都有一匹葬在途中

如果，海浪有灵

暹罗湾与孟加拉湾

在千年的撕咬中

又只剩下一个头颅

丢在海上

被谁掂量，都明白其中奥秘

各自的女王

无论穿什么衣服

只能住在衣服里

无论飞吻投给

载荔枝的马

还是，柬埔寨的大象

在驰道上，参加拉力赛

英雄的史诗资格

必有一番国别争论

最后，落在邮传的信上

以吻封缄？最美的还是顾盼

还是，绕马来半岛而过

9

马术落后于

航海技术半个马头

"船行可五月有都元国。"①

音译需要整饬

班固的耳朵

把徐闻合浦的船期

翻译成《山海经》的一个词条

并揉进齐物论的时间深度

坐忘

生生死死，佛灭度后

---

① 《汉书·地理志》卷二八《粤地》条记载："自日南障塞、徐闻、台浦，船行可五月，有都元国。又船行可四月，有邑卢没国。又船行可二十余日，有都元国。步行可十余日，有夫甘都卢国。自夫甘都卢国船行可二月余，有黄支国……自武帝以来皆献见。"

邑卢没国承受不了

洪荒之中，永恒的

无声无息，像卡式录音带

音乐的过渡

四月航程

渡佛于苏醒之境

10

"逢华则寺"[①]

最终居所，要追踪一朵莲花

名词与动词

在梵文的转译中

给一只孔雀的悲剧

展演玳瑁的

不同剧情

大脚板的十余日行修

应可以走出夫甘都卢国

经济发展的瓶颈

[①]　《六祖坛经·行由品》记载：五祖夜授衣钵，惠能启曰："向甚处去？"
祖云："逢怀则止（逢华则寺），遇会则藏。"

收起船帆，晨雾中的海港

密集了过多的纸鹤

造纸术的分解动作

无所取材，不再是

乘桴浮于海的外贸借口

锡兰老爹边呷红茶

边翻开昨日的晚报

明珠的行情，视乎

鲛人的眼泪

被谁闻见。咱们的国王

却只在古琴的耳廓边兜圈子

11

印度洋以西还是个空想主义

空空，必有大千世界的幻化

像女娲补天遗留的顽石

直指富贵温柔的存在之所

"大秦为宝众"[1]，能把宝贝

玩成科技本能，随这缕

---

[1] 《史记·大宛列传》中颜师古"正义"引康泰《外国传》云："外国称天下三众，中国人众，秦为宝众，月氏为马众也。"

海上昙花的幽香

或是商使

或是水手兼诗人，寻来

血液中祖先们关于海伦

那场战争，所决定其胜利的

人类赋予物以神圣

并具有巫术意义

天启般地回溯到新航路

所开启的，浮于史籍

却了了

可随航的男女

或有基因片段植入世界的版图

第二章

求法，生命上升的偏好

我行之数万，愁绪百重思。

那教六尺影，独步五天陲。

——义净

1

观伽耶寺的大汉造像

三首民的立体感

更勾起停留在3D打印阶段

技术性对婴孩裸体

呈现在花岗石中，时间失重时

生命上升的偏好

这有别于执着于一副面孔

游魂般在庙堂与苦难间

作泪花

与浪花的转喻：花非花，雾非雾

肉身可以是带潮气的船舱

2

觉贤禅师梦到五舶东来

以一句预言

开示那条海上的灵魂之路

只有内观骨相，而不透过X光片

确证钙化的完整性

我们也可以成为孤本

我们将在译文中得到拯救

与不复梦见周公

属同一语种

3

梦可匡正故乡的范围

归程遇风

如归程遇雨

神若是真确考验

航路的工程质量

光有竹杖芒鞋

是不够的，还需要马

但别试图欺骗，我们是骑在

"有屋顶那么高的鹿背上"①

我们在修路，不是殖民

藏经阁的神秘笑容

遗太平洋一技术难题

---

① 索飒《丰饶的苦难——拉丁美洲笔记》记载：1519年4月，西班牙大殖民者科尔特斯的船只在墨西哥东海岸今天的维拉克鲁兹附近出现，墨西哥国王莫特库索马就从使者那里得知他们是骑在一种"有屋顶那么高的鹿背上"，他们的大炮"放出的臭烂泥味一直钻进人的脑子里作乱"。

熔铁越多，是否亘古之心
越重？踏破铁鞋
太平洋的这一提脚
像马达要提速。去程
是否古大陆的书信往来
越来越无缝对接？

4

——广州
是可以丢掉手中的骰子了
菩萨的净瓶托举平安
海上的生与死
只不过重新得到
杨柳拂过的一具肉身
至于翻译《阿笈摩经》
——如来涅槃焚身之事
通过偶像的死亡
烧净脑海中的恐惧与杂念
这绝不像要分享祭肉
把译场当作牺牲的表演台
来骗取学者的身份

形销骨立，我们的每个手印

将剔除猎奇者

目光的多余部分

众生在恒河洗手，我们也洗手

5

哪怕东方哲学，把奇

拿捏成玄理

连同山水诗捆扎成谈资

众生在兰亭喝酒

我们别醉。疾病是大炮

"放出的臭烂泥味

一直钻进人的脑子里作乱"①

我们相信了

要用善去黏附

它的基本元素，真正让

宇宙之大成为宇宙之大

品类之盛归附品类之盛

---

① 索飒《丰饶的苦难——拉丁美洲笔记》记载：1519年4月，西班牙大殖民者科尔特斯的船只在墨西哥东海岸今天的维拉克鲁兹附近出现，墨西哥国王莫特库索马就从使者那里得知他们是骑在一种"有屋顶那么高的鹿背上"，他们的大炮"放出的臭烂泥味一直钻进人的脑子里作乱"。

6

到狮子洲礼拜佛牙

佛说："吾亦恒在比丘众中。"①

生命冒犯大海的禁忌了

在一块古寒冰上

如果万千婴孩同时喊：

"牙痛！"

这是多么壮观的出生

隐隐有中医阴阳互补的理论

为久去不归的虚火辩护

7

室利佛逝拿译经的沉雄

源源不断地吸纳

南洋的荷尔蒙

性别是向死而生

先于通过青灯之前

---

① 《般泥洹经》记载："佛岂与众相违远乎？吾亦恒在比丘众中；所当施为教戒，以具前后所说，皆在众所；但当精进，案经行之。"

的青面獠牙
佛相与兽相混同于一片
航标慢慢升起的
处女地
椰子有着变色龙的适应性
仅次于黄和棕
最初与最终的共相
像笔墨调和新墨纸
严整而程序烦琐的中心主义
过渡在海天交构
大浪如汗，慢慢渗透
于纸缝中的惊涛，这一沉寂
又可能带着甲板的盐气
止停在高阁的尘光中

8

触类是道，像干货铺里的鱿鱼
做瑜伽冥想状。史料无闻
"若欲知者，

大庾岭上，以网取之。"①

广州到底是这场革命的

漏网之鱼，还是鱼腹中的钓钩？

番舶云集，皆为利来

南洋诸国的地址

经梵语一译

又经粤语一译

"东南海行二百里

至屯门山。"②

多么亲切的后世之音

又有谁想到

千年前的高僧决意不归

只为解开腹中的

钓钩，放之四海

而皆准？

---

① 宗密《禅门师资承袭图》记载：和尚临终，门人行滔、超俗、法海等问和尚法何所付。和尚云："所付嘱者，二十年外，于北地弘扬。"又问谁人。答云："若欲知者，大庾岭上，以网取之。"

② 晋唐间，僧侣航海赴印度途中所经之地。《新唐书·地理志》附录贾耽的地理研究。其广州通海夷道条记载："广州东南海行二百里，至屯门山乃帆风。"

9

佛说法身常住

便把众生的大门打开

宽恕了所有罪恶

大海里的鱼总有它

要排的卵

打开一条洋流

西王母的住址

像她的容貌

一层又一层地洗得

好看，清晰

懂方言的人

皆可把方言

寄回祖国

而不失方国的地理形势

如石叻

星空下，似乎有狮子

瞧着大海凝望

美丽

往往由惊恐

一层又一层地转译过来

10

天授二年，《南海寄归传》
转运整货柜风暴
因铁屋子的形象设喻
作者比著作更能制造
思想的风灾
而那些无名者的尸体
挂在沉船的帆上
出海的方向，还在
他们各各退回海上
只要眼睛还在
身体就会发亮
感谢那些流转千年的
无名灯塔
接以恩仁的港口
挤满急要上船的人
（阿拉伯商人还有
中国脚夫。）

第三章

避难，周期性的稻谷移植

山河破碎风飘絮，

身世浮沉雨打萍。

——文天祥《过零丁洋》

1

神已不再呵斥风暴了

源自人祸，凯撒来管

可是，东方的凯撒

也管不了

一把滴血的镰刀

试图跳出历史的审判

驱赶稻谷

避难海外

不要说，一定是民族

淬炼一副铁幕

硬要挤出异质的

以为是毒素

来为内部的崩溃

找借口

就算海浪为隐士的哲学

让出一条退路

我们，实在无法

与神界做政府层面的交流

尽管交流

一直在频繁地进行着
但，海外的频道
暂时还是阿拉伯频道

2

当听到唐人的自我称呼时
他们也会落泪
遗憾巨人，留着骆驼
却将它的主人
赶回沙漠或船上
请相信我们的自我称呼
神界没能完成的
我们继续完成
桃花暗号，失去季节的指示性
被语言遮蔽的路径
在朝代更替之外
重新相信粮食
与桑麻

3

延续古大陆的植被特征

当参天古木

成为能源标杆

越发膨胀的广厦

越想塞进几只航模

做岭南市舶使

征收关税的凭证

佩服远方敌人

素朴的唯物主义

背后的贡品倾销

就算是伟大的词

被过度消费

擂鼓声中，亦有滥竽充数

不会引用域外保护条例

国用摊派在民用之上

再隐蔽的经济利益

也为梯子提供便利之所

像大山一样

商港移向东方

或移向南美，在迷航的途中

文明与文明接触

只有神话祛魅

把善意导向冒险行动

4

夸父流寓荒岛

羽尾神并非我们所知

久之，波斯湾的动力学

把一切送回岸上

在确认焦土政策的荒谬之前

信鸽背着

世界的航海地图

第一次师夷长技

诗人观察海潮起伏

月亮用旧了这套导航仪

天涯的消息

怎经得起遥夜的等待？

5

当身份抵达不了

帝国最大的疆域

大舜与我们

皆可互为表里

保有一处荒岛

不比丢弃的草鞋

缺失更多私人感情

滨海与天下

皆依赖外汇储备

的合法途径

像陶朱猗顿

只能在传奇故事里

用香艳来赎罪

好一朵美丽的茉莉花

邻居男孩的调子

雪白融进浪花之中

是如何传唱千年？

大秦女孩的基因里

必能找到当年

临海的窗，透过

海鸥欢闹的早晨

一把打开东方迷雾的钥匙

也打开欧洲历史民族

融合的植物图谱

6

三千雌雄纯种

浩荡入海

原为完成帝国蓝图

设计师的保种，保种

而龙涎香有记忆

药性里藏着巨人国

最初的国际航班

只是，举足数步

海啸

被描绘成"一钓连六鳌"①

这东方式的温室育种

要在数代后

才能提高它的能育性

可耽于自花授粉的闭关主义

却把生命

---

① 《列子·汤问》记载：而龙伯之国有大人，举足不盈数步而暨五山之所，一钓而连六鳌，合负而趣归其国，灼其骨以数焉。于是岱舆、员峤二山流于北极，沉于大海，仙圣之播迁者巨亿计。

不可预知，扩大为

世界的地理知识

烟涛微茫

神话了去路

便失去了归程

诗人只在梦里，清醒地

把扬帆换了乘月

来回避生命，这张船票

握在手上那股沉重

如渡海者，爬上岸时

正处故乡的凝滞

与陌生之境的沉疴之间

7

更有利于胸中荡起

宇宙的建筑规模

可神的肤色之争

让人类走向了信仰边缘

就算是只停留在

随气候移动的饥饿

又或是为了退耕还牧

把人马星座的铁蹄

踩在制度的最高层级

甚至，保持种族的

怪模样

也符合我们韧性的痛

所迸发出来切齿声中

蛮性对野性的

图腾式吞噬

8

"迪惟有夏，乃有室大竞。"①

房子地基坟墓化为普世价值

金石学家们忙于抢救

祖宗的鬼魂于国魂之中

唯南方天堂

受虞美人诅咒：我的故国

烈士的战马

赴海，如一面旗帜

---

① 王夫之《宋论》记载：古之言治者，曰"觑文匿武"。匿云者，非其销之之谓也，藏之也固，用之也密，不待觑而自成其用之谓也。故《书》曰："迪惟有夏，乃有室大竞。"竞之不大，栋折榱崩，欲支之也难矣！

突入南洋土人的基因链

在数百年后，还遗留的

唐人密码中，逃亡：

交趾

占城

真腊

宋卡（如果相信鱼骨还有记忆。）

苏门答腊

马六甲

没有国君的流放

归程谁来签发？

9

往后，只能以客家围屋式的坚壁

反抗异族强力的遗传

唯有在十万漂木天问处，静坐

——非暴力不合作运动

并非主义

而是上百年沉默的经验

在无头黑影走出船舱时

深海的隐蔽力量

托起那具完整的尸体

"明明暗暗，惟时何为？"①

昔时的钱塘潮已给了暗示

电力让那一盏马灯

似乎永远燃亮

巨浪扑向他们的玻璃灯罩

大鸟的解羽处

必是精卫沉海，冤魂

10

被阻隔

在历史的曲笔之内

还以为新闻

就在世界创造的现场

用一纸空文来达至

无闻

臭虫爬满皮袄，脱下

捂住鼻孔时候的裸视

让情欲代替告文

---

① 屈原《天问》记载：明明暗暗，惟时何为？

妄将诸岛退化为

抢亲的习俗来劫持舆论

如许镂刻的面部表情

只应深井里有

霸权监视的，在火中

栗子是否笑出声来

断定其忠诚

扒出一连串石头

作免死的故事

像拒绝原文

更正译文的好大喜功

哪知道，蜉蝣于天地

将如蝴蝶，扇动翅膀

天地玄黄

风暴要在造物主的武库

埋下一颗定时炸弹

源于诗人手上的生物钟

敏感地觉得寒潮

越过北回归线

水土不服，成为民族

最终的防线

第四章

拓殖，代天巡狩的假想

代天巡狩播威扬。

——《马六甲华侨迎神曲》

1

我们无疑

是要把考古的课题

还给造物主本人

古塔名耆那

（词能命名的

这里有多义的特殊发音。）

各种象征愿为那根

盘龙的柱子做必要的雕饰

内里，那些宽敞的大厅

无须外力的护持

已能成为一门语言

塔碑，记载巴别塔那般的故事

我们经历的现代

可以用进口的苏打水

评说人类

我们经历的似乎在借用

别人的典籍

来重塑一座碉楼的责任

英京博物院

它说无尽藏也
驻英中国公使的释文
足够他们念上三代
才能校正伽耶寺宋碑
落款的错误年代

2

痛惜别帝乡
两个孤独的汉字
在印度出土
只可说明，那时的港口
太冷了
太平盛世
也会有人于孤舟中
呼呼大睡。冠服是体面
的标志。岂有此理
虚无主义！钱币
副在名山
相信其人的炮台工程
参考了宋人
在新加坡的商业史

有日记为证

日记是犹太人的复国路

乡间行商

货郎挑担上的泥塑公仔

堪比海外方壶

娃子问他爹：山的外面是海吗？

是——

当海权不与闻的拓殖

真有点像人口拐骗

被送出去了。是什么

养肥阿拉伯商人的信鸽？

古大陆的罗盘，转向

又一次西学东渐

又或是无我之境的过渡

把通商口岸画成

工笔画里的溪水鸭子

关税自主须得诗趣盎然

正如防御工程，花四十万两白银

说撤退，便拆除

看戏的还蒙在鼓里

我王万岁，我王是个艺术家

王化，可用诱敌深入

来注释

3

但，海上来的，不像敌人
太阳从东方升起
噢，神！
只要照面多次
众生就会平等
为此，我们把耳朵
伸入海里
听：他们的神在雕刻
一艘宝船
当刀交给我们时，我们首先考虑
如何在核桃里
救出时间
（"活得太久，也是痛苦！"
百岁老人的话。）
怎么看，都像能源
被透支后的社会状况
人都去哪儿了？断肠人在天涯
目前的富春山满目疮痍

嗜血细胞破坏着

它的造林功能

条条驿道通上都

还不是罗马的翻版？

19世纪的欧洲探险队

还没出发。蒙古人的马蹄

踩过的地方，他们说是国土

殖民地式的抽血运动

泉州正成为这只

疯狂的泵

4

"中书省请发两艘船下番

为皇后营利。"①

血红的丝路听了褪色

成一瓣玫瑰花的浪漫主义

拖在远洋船的屁股后面

忸怩，丰满——资本公主

---

① 王孝通《中国商业史》记载：廷佑元年，复立市舶提举司，仍禁人下番，
官自发船贸易，盖海商利厚，又易为奸，故禁民商而归官办也。至元统二年，
中书请发两艘船下番，为皇后营利，则不成政体矣。

情窦初开，为她的世纪婚礼

马可波罗先行传唱

船队的东方排场：

偶触礁或与巨鲸相撞

（武力震古烁今。）

此盖巨者，能容五六千筐胡椒

（暴发户的味觉嗜好。）

弓箭手铳手之属，奏变鼓角，拥簇而行

（负弩前驱，这些物质

有什么重要性呢？）

一推一挽，口唱渔歌

姜葱。《黍离》之悲

故国。地理学上最后的意义

也失去了

我们找人，只能在

味蕾的记忆里，却又防着

成为老虎舌苔上的伥鬼

数十年后，从海上回来

从身上长出

一条消化不良的老虎斑

像伪史里的和平大使

带着摄影队，来演绎

没有观众
借神来编造的角色

5

为天子之位的正统性
亟须对爪哇发动战争
提高天下的高度
好让鹰犬的视频监控
确证投海者的潜水艇
有接纳幽灵的特殊去途
矜夸大陆版图
永不沉没。海上封锁线
用无敌舰队的神话
回应鬼话：
是否有不识时务的月亮
收留死亡的投靠
续借扎撒的外部强力
来扭转遗传的种性？
以心胸替代大海的慷慨
实在让元杂剧
文本解读的刻露

错杂成甲板上

一地的呕吐物

像风急涛涌

掏空了整个战略之腹

鱼腹亦将为他们敞开

野蛮繁殖的最初场所

要有足够耐心

去等待焚城者的遗留

持元人火种而不失

可海角天涯，归程

是要把万里石塘

放牧成捕鱼儿海

名词性的指涉

还是要让远征军的航线

在政治意图

与军事地图之间

修正其中差异

来弥补民族的创伤？

6

"代天巡狩播威扬。"

东至婆罗洲

南至爪哇

西至苏门答腊

北至马来半岛

"采莲曲"[①]里的鱼戏

暗喻了我们的空间意识

有国人的地方

就有鱼和莲

不料是20世纪的英荷

把上帝那十二只篮子

分剩的鱼和饼

让他们吃饱（火烧的包子。）

除了妇女孩子

焚觖的祭仪祷告于天

既像沉舟

以示我命由我

---

① 陈达《南洋华侨与闽粤社会》记载：马六甲华侨举行"王爷"第一次出游时在1856年（咸丰六年），嗣后每隔数年举行一次（自5年至14年不等）。在1933年，其举行期为自11月27日至12月8日（阴历十月十二日至二十一日）。最惹人注意的部分，是此种迎神先有采莲队，继之以"王舡"，再继之以五王爷的神像。采莲队员"身穿白色制衣，头戴圆形白帽，围以红绸小带，腰束红绸长布；跣足，手握如舟中之木桨一支"。行时两人一排，共约25排，唱采莲曲，内有"代天巡狩播威扬"句。手中所持的木桨，随时作势，以效摇船的动作。游行毕，"王舡"焚烧。

又把封狼居胥这幕戏

在南洋，重演一遍

（石头已运回仰光博物馆。）

成吉思汗的宗教容忍

转手是敬鬼神

而远之便成民族自决的贡赋

又以历史的国际惯例

试图消弭战争于礼之中

而当人间天堂的理想

重新冒起，就像花果山

竖起了齐天大圣的旗子

朱熹们生出猴子

神魔幻觉的时间意识

仅次于殖民的先行借口

7

那块冰被原始触觉

封存在气候的转换器里

1375年，我们到勃泥

采龙珠。神魔化的语言

能听懂它们的耳朵

必亲近天堂，更胜于

土地的再生能力

种子的胎动声

皆有人神

联姻时的自然异象

一座山峰留给寡妇

既簇拥着无数膜拜的呢喃

也印证了禹治九州

家中那位，狠心地坐断

各种繁殖的可能性

方保存混血之后

呈现的颜色

可以承受山川之名

遥指的中国

8

"慎终追远。"①

我们凌犯波涛

只为死，能继序土酋祭祖

---

① 《论语·学而篇》曾子曰："慎终追远，民德归厚矣。"

祭仪中杂剧般的装束

能代代固定最低限度的

形式：一座祖坟

生前僭窃番号

只为生，当作啸聚于祖国

号叫的红色革命的回声

之中。我们的声调

有最广阔的身份认同

有最坚韧的生命沉默

像沙漏中的沙子

堆积在洪武十一年，我们朝贡

必会产生一种朝拜的方向

母亲之国，赋予她的孩子

同一只乳房的恩情

这裸呈的，毫无保留地

为我们如今长成的手足

预设了呼应，制度上

重新唤醒我们的父亲

人格发展中的多方需求

摩擦是不可避免的，像宣慰使

要梳理的族群矛盾

时代，对于整个沙漏来说

无疑急需那只强力之手
整饬历法的乱象
来收拾太阳颓然倒下
散失的光

9

神话已不能挽救其颓然
唯一能延缓的，只有
续写本应抽象为合理的
以暴易暴。从而转向
好汉招安好汉
为资本主义萌芽的消遣
预设平安过渡的阶段
而这铺排，又进一步
让市民阶层成为海外势力
的一种极具破坏力的势能
如果，一味禁绝
乡愁的反作用再加上
浪漫的自我认定来确保
模拟唐宋诗词的伪古典
理性让位于真情

在意识到开放春风的吹来
之前的许多世纪
沿海州县还要承受多少寇患？
才能清除沉积于心理怯懦的
反射中，对于以花为国
抓住虚妄如抓实在
不断从海水的黑洞中
吸取拓张的能量
而我们只认许国土的永恒
伤疤，还是自己身上的
带铜锈的花
如历次的侮辱
都用文绉绉的曲笔
讨伐百家姓中的姓氏
乌合之众，只能逃向海外
忍受族谱的断层
代之以拓荒者，片刻的身份
喘息于他国的排挤之境
争得地理名号
以作衣锦还乡的资本

10

又或是，居间亦贡亦商

来窥探明室的移民政策

不料，一旦成了祖宗

家法捆绑国法：片板不得入海

谁触碰，谁就粉身碎骨

数百年的隔绝

数百年的形神聚散

只有哑齐的黄铜大钟

上面的汉字年号

依稀存留当中的尊严

从来不是被战船送来

身上带有硝烟的飘荡感

可也感受到强大的地缘力量

给予我们庇荫

在它逐渐变成传说

我们的轮廓便越清晰

像马公墓碑上的刻字

不经意间揭开

那支浩荡的远航船队

在政治表象下的宗教目的

沿着兄弟团的情感
口耳传送古航道中
遗留的气息

11

或许，只有族长的提示
像问路的石子
边关互市，古诗中的地标
可否转向？
占城的故人
谁让官员的薪饷
由最低限度的生存
转向奢侈品的置换？
马六甲
古里
最后一次回忆起
从海上村庄
升起的那顶乌纱帽
象征混一海宇
有种精致的黄金制度

第五章

迷乡, 窃取火种的代价

使公毋忘出奔于莒也。

——吕不韦《吕氏春秋·直谏》

1

身份何其相似

向黄土地

交出生命线

越是接近枯柴的形象

火所引起的起义

越是，有我们

唯物主义的滚动

麦浪吞咽着口水

最低限度

消化封建，虚肥的身体

反复发作的水肿病

家园

在它的书写中

要强行拖一条辫子？

如此一来

所有旋踵

都变得可疑

像美洲大陆上的马

重新归化

为野兽的三趾蹄

这有别于

辩证法中的对立

也拒绝了

镜子的自我辩护

返祖

不是反观自身

"一夜征人尽望乡。"①

如果，没有羌笛

和那轮月

做必要的注释

解甲归田

或许，就是

最好的归宿

再大的喉咙

也喊不醒

千山万水

只能喊清明

反是，少一人的时候

我们的国仇家恨

---

① 引自（唐）李益《夜上受降城闻笛》。

又垒高了一层土
百年生聚
以不忘为姓氏
先人的巨大阴影
已繁衍成
思想的木栅栏

2

的确，是要有人
穿过去
像一幅浮世绘
很薄
与现实国度对比
洞开
海上巨鳄的目光
当然，据神话解释
也是东方女人
洗太阳的时候
洗出一段大木
儿子反对父亲
手拿一副好牌

急速穿过海上

"当利润达到100%的时候

他们会践踏一切道德！"

受抚，招降

一滴鳄鱼泪

辣痛檄文中

海风吹入沙子的眼眶

夷法大孝

亲手用葬仪的

"肝肠寸断"

雪耻

或终结

酷刑

落在一个弱女子身上

歪脖子理学家

没能把天理

及时存在血性银行里的

愤怒

3

收复的失地，终因

募捐人太少

人欲太多

没能如期动工

新蓝图只能是蓝图

供给侵略者

帐篷之外的所有墨水

这是新型海战的开始

纸上

据说要打造

永不沉落的军舰

可有些头颅

宿命般地容易沉落

像庄严的界石

算定了距离

重把迁徙的符号

交给野兽来比画

冲进来

逃出去

士兵的衣服

像两个朝代

一直在生死之间

拉扯

脸谱，旗帜

也随着祖父的白银

够不够花三代

而改变色调

4

独有没能放弃的铜镜

预设着葬身海底

或流徙江湖的

一朵红花（豪杰额上的血。）

作为唤出

此心的暗号

以便墓穴中的骸骨

和它对上

来归还残碑里的字样

以确切年代

像黑匣子里储存的

死亡轨迹

伴随巨浪猛扑

暴风雨撕咬的入海之夜

草鞋留下

整个世纪

劫后余生的脚印

我们还是习惯性地

在田垄边洗洗

5

也只有土人们

给那天清晨

海面上突然出现的大船

从神的时间观念中

生发出一种平和的慢来

如是我们

乘海岛暂时脱离

它的血缘

试图以一块民族的伤疤

介入岛藏和岛民

生存资本重构的在场

而引发的骨牌效应般

脸上的鞭痕

推倒总督午睡时

映在甲板上的身影

滚落所有黄金

和枪械走火

擦燃只把国内版图

套在国用

虚妄的换算之中

实是丢脸

助长红脖子红眼的

报复性臆测

并把石室主人的政治身份

扩大为对异教的肠胃不适

6

血的哀鸣

在那个屠杀的雨夜

不但止息于屠刀之下

还窒息于无声的

无头之境

善于遗忘的总会遗忘

能够记住的

就只有锄头

可耕种别人的土地

老祖宗的思维

便失去重量

像西红柿

砸得满地都是失望

天不与我们

给予等待的时间够长

给予一个战略的机会

又太少

集焉去焉

竟悬于

别人脸皮的厚薄

一层肤粉脱落

又是一场放逐

冒缳首之险

托举起

另一种肤色的天下

义与不义

已不再是把自己

当禾苗来对待

7

那贼赃嫁祸的火灾

不可能像毒气室

那样的宁静

高雅音乐对于清洗

是反讽的手法

在舒缓过于紧张的世纪

可我们看到的并非人间

背景不美

妇女儿童的哭声

为枪弹射穿的脑袋伴奏

痛苦到了极点

就无声

可我们感到羞愧

别再把

另一个苦难民族的称号

复制在我们身上

苦难不应该复制

岛上供应链条的一端

突然膨胀

对于决意定居此处者

无疑急需身份的砝码

持平法律上

赋予遭受不公对待

却只有双手可以

做出应对的人

以公开的自尊

可积习胶着私利

和人道的出路

强行推动

劳动力再分配的

衣服式样

将活命的目的地

误解，破坏成

虐待的途径

抢占舆论先机

从外头安插的消息

又怎能哄骗一座城

交出所有灯火？

8

星星被小刀

戳得呱呱乱叫

我们带血的手

只有占领夜空

从那巨型炮口的黑暗下

举起木刻的拳头

正如版画

呈现苦难

同胞的残肢

布满刀削的棱角

这又是商业史的

另一次胜利

白银帝国

四海升平

暗藏的通货膨胀

换算为死亡率

最终，在浮浪之徒身上

找到了道德的落脚点

9

茶叶依然走着

它在一只气喘吁吁的大锅里

曼妙的步姿

灰烬跟那杯烟水无关

也无关于

一页宏大的叙事

激起土酋们

重新哼起祖灵之歌

（家园熊熊燃烧的大火

被那只鹰看见了。）

亦以拗口的发音

面对喷火的蛇

做阳奉阴违的交涉

野蛮在功劳簿上

把生命的哀鸣

记录得无声无息

对于那些受伤者的头颅

野兽也懂得

用竹筐来载

更有收获的喜悦

"天丧斯文！"

当我们不得不直接面对

时刻表的利爪时

那滚落下来的光明

已退进山林深处
从那窃取火种的手掌
本该托举复明的一息里
往后无数遍
把历史的遁逃薮
回溯到五个熟悉的身影

第六章

豪杰，奇迹地带的生存

行当浮海外洋，觅一片干净土，为
我汉族男儿吐气也。

——罗芳伯

1. 林道乾

寻一片土地

区别于甲板的易朽性

寻一片世外桃源

不止于流浪者

脑海中的幻想

如教书先生

摇头晃脑地吟诵

一次又一次强化

那片土地的存在

可用弓箭、长矛

保卫的，寻一片

血染的桃花的归宿

——西班牙人的火枪

吐出了工业时代

备受诅咒的后遗症：

金矿、移民、屠杀

土酋们不得不让出

他们的可可地

还有妇女的痛苦

为怀着整个文明

堕落的妊娠

开始放弃，漂瓶中

藏了多少个世纪的

野蛮的呼呼声

2. 郑玖

为我们立传

为我们生存于雷州

与柬埔寨之间

最靠近的忠义

立誓就是立传

当东南亚的眼睛

暂时瞌睡

延平王的大鼓依旧

在另一个核心鼓荡

寄居一衣带水的

王室的屋檐下

南戏，唱红了脸

只可惜，病痛

实在不如引经据典

把舆论导向

轻信的部族

有一种永恒

也有更多种的短暂

3. 郑昭

父亲来自潮州

我们诞生于他

短暂的咳血之后

有更大的毒素

在故乡以北蔓延

暹罗王室的床上

那朵痛经的桃花

只会引来

更多的窥探者

（缅人将自己绑在火刑架上，

急着要挣脱下来。）

皇家是城中之城

它的崩坏，只能是

从内部开始

如口罩背后的面部表情

藏有一些坏疽

潜龙，你可以说它

戴上了口罩

言语之间，预设一道屏障

像母亲在史料中

没有姓氏

没有修史传统的民族

都可拿神话来创造

这出复国戏

如果，消去父亲的悲剧

作为整个东南亚的背景

所有演员都对着镜子

矫正台词的汉语发音

4. 罗芳伯

不同于两种制度

决定民族命运的

两个陶俑

再过多一个世纪

已为石像所取代

从梅县

到婆罗洲

攘臂奋然者

从来不曾雕刻思想

留给士大夫去酝酿

他们的灰色情感吧！

我们有把路

修在明处的谋划

像粤语残片的剪接

以几道划痕

将被迫练就的这套猴拳

打得虎虎生威

内心的豪迈，震颤，闪电

已然是历史重演的

共同要求：

只要一息尚存

这一息就能开疆拓土

5. 吴元盛

两种文字的榜文

对立性地介入

汉族的历史

误以为新修的悬崖

可以掩盖

旧房子的裂缝

住久了

就能够相安

还可以在一面铜镜背面

操控绵延的脸部沧桑

怎料得我们的基因

是一部复仇史

加之政治城市化的

强力扫荡

我们就要把

刺客的匕首

藏在活鱼里

可金子更能打动人

替代无数贪婪的觊觎者

在另一个版本的死亡中

保存朝代更替

所消磨的民族耐性

6. 张杰诸

无意为拿火枪的水手

不，是强盗

提供触礁后

抽离整个殖民史

直接面对上帝时的忏悔

这无尽的时间意识

我们在沙顿人发现我们

吃鱼的时候

同样喜用姜葱

去掉渔猎时代

把我们引入深水的

陌生力量

发现星期五

就是他们，被土人欺凌

只能在长长的烟管中

吐出祖先无数次默念的

那片古大陆的烟霞

（上帝降格为拜物教的偶像。）

谁为这缕烟霞征税

谁就负责把账

算在岩洞的石壁上

类似于贺兰山下的岩画

走出多少头麋鹿

羊皮筏子

传来多少声划水的声响

要比巫术意义更深刻

7. 叶来

眉宇间腾起五色云彩

帝王的操盘手

竟然只是一句命理的失算

我们翻箱倒柜

要找出这群勤劳的人

面有菜色的原因

背井离乡的原因

圣贤只懂重复

一根枯木懂听的话

唯有把蔓延的身世之苦

砍断,如当年刘季

逃进芒、砀之间

啸聚山林永远是潜在力量

的文化符号

可忠义

更能将我们的名字

印在史书的册页中

不是作为材料

而是作为商标

在吉隆坡的华工身上

不缺商品贱价时的屈辱

8. 林推迁

"我更沿门逐户

劝导华侨于该日

勉为国家留一点元气

各宜停止私斗。"

——林推迁语录

花粉被带向

不知所处

如割裂于性的压力之后

在各种媒介附近

黏附着无数真空的小团体

不知所处就在何处

这落脚点

唯有蚂蚁碰头式的招呼

才能引出一具

乡音的尸首

可我们更需要纪念日

在为彼此祝寿的时候

重温基因交互

所指向的目的

9. 侯亚保

不像是闹独立的事件

殖民地民众借军火贸易

在土地契约的订立中

把图章夺回来

像猫捉到老鼠之后

免不了，是要把玩一番

这没有把注押在

你强大之后，山姆大叔

脱帽向你致礼

菲律宾的独立团

点火烧起

家人的茅屋时

一些更具燃性的木材

（不是粮食，

虽能养活一种制度。）

豺狼去了

老虎留下

他说是猫的同类

关于山上的这把交椅

如果，退一步，自然主义

永远有其智慧的合理性

10. 陈聚良

城堡藏在父亲的杂货铺

的某个角落

尘，是散文的午后

总督办公室冒起雪茄烟

受贿后的陶醉

（机器碾压下的残缺

在东方的海岛

找到诗。）

我们卧的薪柴，有一部分

送进他的床底

真理让他高枕无忧

他可放任那些小官吏

无性却炫耀空酒瓶

有雄性的强大

历次的独立运动

都是先把灯熄灭

然后，听到砸玻璃的声音

我们把火抓住

让棕色皮肤的儿子

把他的母亲

扶将过来。别哭！

相信父亲的出游记录

不会多于生意上的几个合伙人

（伟大的个人叙事

与暴动无关。）

11. 陈嘉庚

已是身后拖着宗族的

荣辱与共。存亡

在把粮草运向何方？

教育试图将贵族的身份

拉低。荥阳前方告急

洛阳市面的宣纸也告急

识字率嘲讽

衣衫褴褛的军容，同时

只接受赠予者

道德的一次历练

跪着呼天抢地

成了民族伟大的抗争

与祈求风雨

皆可接受的仪式

最低限度，我们祈求

涂抹狮子油

让家信中划破的伤口

早点愈合

12. 谭植三

追逐粮食的本能

他们精巧地称之为文字

以火的吞噬

和身体作为种子

看我们惊异于参天古木

的伟壮，而卑微地接受

任何诅咒，血汗

都不可形成仅属于我们

从巢居走下木梯

像鸟，放下翅膀，放下

只留痕迹的所有对应物

我们舞蹈

踏着尸神的脚印

任何繁殖，离文字越远

越肆无忌惮地篡改

神话：咱们是同类

翅膀交予我来管

13. 林金殿

驶离身体的手，驳船

无数次靠近

冒烟的那场战争

趋于相安，包袱里

只有几件旧衣

可有齿轮伸向岛

试图替代观音娘娘的

残缺之美

那只是海外仙游图的缺角

对于逃生的我们

卷上一张草席

来与殖民地的法律较劲

14. 邱菽园

最安全的逃逋处，莫过于

鸡犬之声

两种动物的拟人化

丰富着世纪末

庙堂与江湖

观众与戏台的存在争论

革命者已离场

收拾战场或刑场的

已在忘却的闽南小调中

忘却你或我们

"物有必至，

事有固然。"

辑录起

这些先生的片言只语

亦可知，虚数

除号召力的无限扩大外

最孤寂，还是那零

15. 钟乐臣

料定此刻的放逐

身份值得可疑

人群要辨认出

穿红衣服的那人

灯火是可疑的

海面上没有手来托举

可有涯的两岸

每说出石头的确证

我们还在那里

这是必须的

英国法官，在头顶架起高台

我们爬不上去，狮子

正守着一处尊严

16. 何德如

被一圈又一圈，套紧

这圈可以是

从大陆带来

扭成麻绳，牵着

重新被套上的轭

我们有跟土地较劲的蛮力

许是锡矿和橡胶树

只要殖民者默许后

还是我们的，河水淘洗

血流过了，就变白的月亮

每当，我们抬头看它

都会被胶住

像银子积在钱罐底

那用一枚

又少一枚的陈年旧事

虽出自家里的那只老鼠

咝咝的数钱声

17. 潘可恨

令世人惊炫的巡游仪仗

在海岛居民羡慕的目光外

暴露出赌博游戏

特有的疏忽：

排九，吆喝声中弥漫着

臭脚味。皇帝的新衣

只会让改革之声

越来越少。反是多了

各种泥做的偶像

不是菩萨，那些柔媚的心肠

倒可以在已步入中年

步入某个湖，拥有围观

为一朵老荷花庆生的资格

可隔江一直响着

把长辫子的头颅压低

的音乐。我们是往砍刀下放

还是，剪刀和传单

皆触及北望的视域？

18. 林义顺

赶大车的父亲

用力过猛

喉咙里的吆喝声

已葬在

车轮的木头沉寂中

我们有雨脚

慌乱奔走期间的

那潭泪水

一双明澈的眼睛

吸引着蹲下来的小孩

像草芥，因小

而能忘却朽木垒成的巨物

蚂蚁操控在

空壳的木鼓里

试图保持声浪

从花格子窗内

透出的衣红卖笑

青灯收回江山的动荡

只有翻书

碰上一个字，流出血来

这是蔷薇

落尽，留下一根

带刺的刺藤

19. 梁燊南

扶灵柩，走完

从槟榔屿回梅县的路

走完父母留在故乡

未尽的一面

通衢旁的葬亲地

本属于我们埋头苦读

等有一天，聚族

的门楣，光耀

曾是荆棘遮蔽

那些不变的哭声

可我们更需浪涛

推涌的同胞的命运

实在，羸弱的称号

只在书本之外

书斋的地基

移进广厦的远景

最切近的，是言语
重新获取
血液流贯共同身体
本有的各类谈资

20.　黄井公

去掉鬼话的善恶报应
父亲留下的大宅子
再不用耳朵来听
耳朵是府君的板子
照旧打在
堂前的石阶上
似乎与贡税的缺收
屁股的鲜血淋漓
赎回了朝廷的尊严
加之以号啕
只能是小说家
内心的铜锣
面对乌有的战争
作退路的
戏剧性升华，无关

像侨众家里有炊烟

我们依旧作诗

来唤醒

草席上的那只

儿子般的蟋蟀

21. 许芳良

错手剖开棕梨

让土酋独乐后

计较轻重的指涉

黄皮肤

和肉质的甘甜

回到我们的个人身上

祖国的香气

虽起了一阵慌乱

但，很快还留在

这所洋楼里

我们无须刻意

要求客人

捧起茶碗时

思度其中的烹茶方式

保存多少

土灶的自我炫耀

一些玻璃器皿

碎在

承受不了，破损

过渡到破碎的

女仆脚下

（值得原谅的是

时间的心率

如果没有文字关注

将沉寂在

失去姓氏的苦痛中。）

22. 陈豹卿

海上贸易，寻不到

基因遗传的确切年代

我们只能从本能

条件的

既无法沉淀

一杆水烟

咕噜噜地守着

这堵土墙

来不及自然风化

为那种古老的生活模型

重新塑型的泥土

外在于我们的身体

也无法让一张网

我们的反射神经

像蜘蛛

夜以继日地爬上

同一层面的幻象

只为这复制品的伟大称号

（"除我之外，

你不可有别的神。"）①

23. 李双辉

时间倒退到

船上的货物

有着性别特征的教训

（自谓东垂僻陋

---

① 引自《圣经·出埃及记》。

——故近大道居。）①

把朝代败亡

当作权谋

特别拖延潮水

急涨的趋势

石室中的条约

换了方式，抵达

镜子的两面：

有人丧权

有人图强

我们不是后来的

教科书，怪罪磨镜人

只把复仇的典故

刻给流水

上游

与下游

皆是两行征夫泪

独有把人

当作试纸，这残忍的行为

值得诟病

---

① 《越绝书》记载：女出于苎萝山，欲献于吴，自谓东垂僻鄙，恐女朴鄙，故近大道居。

24. 叶壬水

跪拜一副棺木

依然听到播放机里

唱片的摩擦声

我们该拿什么来兑现

当年的承诺?

解开小脚女人

那又臭

又长的裹脚布

可桃叶听到风声

旗袍上的桃花

拒绝受孕

如是,满大街跑的

垂涎欲滴

又是一场

怎样的世纪风雨?

如是,棺木里的

坏天气

——那只巨头猴子

疯狂地耍大刀

只因，四万万颗头颅

拒绝变脸

25. 高楚香

南望沧溟

许多身影

一直往深处走

像父亲一样

与风浪搏斗后

带回一网

湿漉漉的疑问

叨陪鲤对的日子

以时间性的线索

引出我们将要走

同一种化学元素

再次口含盐

的苦味，给予身份认定

鳞族般的去向

你又如何称量

相濡以沫的我们

所剩多少

生活的琐碎？

正如，父亲留下的船

木头还与铁钉

厮磨

26. 陆祐

托身于凶险、诈骗、邪恶

还有一连串

未知的，浮士德博士

与魔鬼的交易

托身于年少、立志、奋斗

还有黑夜，这袭外套

摇曳不定的矿灯

以及矿灯下

短暂的呼吸

便穿过地狱之火

焚烧剩尽的废墟

以及废墟里

有人淘洗

锡匠的闪电

他所取，是蛮王的面具

还有，山洪掩埋的

侨工的面孔

（已透支于

赌台上散落着

家乡的几处村落

破门虚掩，在听某人

买醉与卖笑。）

"青灯上家乡无想。"①

如果，沾满泥浆的树胶鞋

是走向梦醒的明证

27. 黄福

依然是袴带

作为忠信的暗示

当我们把一文钱

贯于其中，袴带里

躺着露宿街头的人

要拼命捉紧男子汉

---

① 陈达《南洋华侨与闽粤社会》记载：有一个景况平常的华侨，很坦白地叙述自己的经验说："那里有一句很流行的话：'青灯上家乡无想！'意思是说你到了妓院，有花花姑娘点上了青灯，你就什么都不管，连家乡也忘记了！"

唯一的自尊

以免岁月悄悄溜走

木肆打烊后

我们数起圆的东西

如数年轮

然后，僵直地躺着

谁要拿回去的

必定留下木屑

细碎如孔子见南子

异乡人间的交谈

又怎会引发上帝的门厅

挤满道德的提款者？

28. 刘善卿

论辩快乐的意义

平行引出

截然不同的两种身份

截断话题

关涉过去或未来

红玫瑰开在黑袍修士胸前

或王的钟鼓

无障碍地感染了

所有衣褐者

我们把苦难藏起

以便成全送饭来的妇女

篮子里，藏有圣饼

关涉牧歌

或末日拯救的

海上草原

29. 戴忻然

巴别塔会自行建起

只要一个可尊敬的人

住久了

每一块砖

都牢记他的音调时

我们是言语钢琴

被砸的一瞬

就像耻于

打结的舌头

一下子打开

滔滔不绝地

吟诵起

祖国的诗歌

假如，我们又是

被架在脖子上的官架子

往上爬

爬成红脖子里的脂肪

30. 钟锦泉

幼时异于常儿

已托身于遗嘱后的名声

远在潮州土楼上

无人喊我们

回家吃饭

小人书里

既有豪杰

也有马上的

手不释卷

立马横刀

更需要张飞那样

喊断岸上的雾

（依旧用谜

用毒素

浸染海水的神经。）

江山多娇

成为埋葬诗人的托词

诗人说：

把鸡鸣找来

只可在古籍里叫！

31. 张弼士

鸿鹄做燕雀之悠游状

嘴上无不嚼着

种子的各种谋划

土人需要四季

只为地下的煤

别来

骚扰树的安睡

借葡萄酒

灼伤的那块植被脸

古大陆的酒糟鼻

惊惶于

大火熊熊燃烧的

那个夏天

我们有强大的根系

遍布锄头

与机器

爱国的经济心理

第七章

故乡，这把缰绳般的钥匙

只今南国困波臣，

万室嗷嗷忧食指。

虽届计吏上贡日，

语及时艰我心死。

况复殷忧半海内，

邸报业残余百纸。

——朱次琦《答廷光》

1

任何族谱都有一些装腔的文字

剔除容貌、筋血

来听圣人重降人间的消息

可你的布道，又只在传主

被赞评匆匆埋葬后，而沉默地

等候做第一等事之教，第一

放大为一根敏感的家族神经

日光灯般闪烁，切割出

无数个不眠的黑夜

如是要掩盖时代的身份

错位时，日渐模糊的隔阂

像屠猪

以猪的哀鸣，供奉在

祷词的喃喃面前

2

多少块瓦片所叠加的高大堂屋

那阴影，在婆娑的榕树的舞弄下

拒绝固化的月光场院

抵消漫长的还债路途所承担的重

一直从你父亲的背上

重复着夸娥氏背走二山的一幕

从结果反推小孩开门那刻

太阳，如果不是你拿山来架起

像你要越过多少年岁

才能填满朱漆围抱下

短暂喑哑的回廊？

又是小脚女人

再次把屋内的布防

巡视了一遍。要有背景音乐

他们都交来了强盗应有的水准

可当内心怦怦乱跳的时候

史实与传说皆跳上了几案

那珠钗与手镯布下的最初的疑阵

就拿一杯茶来打发危险的时间

准备好最纯粹的、全景式的武侠素材吧！

当你环顾堂屋那刻，像回顾了自己的一生

从来不曾挣脱她的手

3

白鹭又在江渚上出现

注定唐人绝句不灭，它们一直在那儿

伴随着母亲的哼唱——成长中的耳膜

不知过滤了多少土地遗留的杂物

沉积，已与你无关，过早地

赋予手触摸人脸的辨别功能

像雨雪延伸着地域与阶级的

灰色地带。幽暗之歌，多么美

它击中了你的额，相信某种存在

有犀角般的虔诚，通向那儿的路径

在私塾先生的威严中

只往那几个木刻的面孔朝拜

身体，最需要阅读

专注于晚归路上摇曳的灯笼

光，瞬即变白

透出神圣吗？被架上

木质的另一类死亡，你面对

石板路后急促的脚步声

迟疑，用三年本真的面貌

聚焦起祖先们留在皮肤里的目光

特别是刚消逝的一簇
像泉流般奏起"其乐融融"

4

预设着于故纸堆中救活
那孝子，烛火在旁也为
他的诺言带来风声
透过墓碑周围的荒芜
象征性地比照出泪
滴不进慈母的泪里
是因盐的浓度过高，蟋蟀
把听到的话稀释成单一的
咳嗽，那时无论你如何祝祷
也不能使神巫的启示
适合萎缩的喉咙
拖着庞大的躯壳
这是对存在的侮辱
唉！你也只能穿过
蟋蟀病弱的喉咙
加入脑血的行列
渐次沉积于肺部

谁说岭南人的火气很重？

你提起功名的药引子

5

空间与时间的交互轮换，这作答

已是牌坊的作答

每有颖悟的族子，风云借石狮子的蹲伏，默许

像众多母亲，借排比式的设问

默许了男人们把自己的形象

刻入牌坊，又模糊形象，只留棱角

触痛一个四岁小孩的神经

你就是那个小孩，负有写两道神道碑的责任

纸上文字会有比石头更硬的质地

除非遇上火

先从火说起，朝代连同坟墓的秘密

曾覆盖在讳言的灰烬中

修史者试图救出垂死的凤凰

是徒劳，正如族谱中，一度缺失

修太阳的人。慈父的发式

越发适合走夜路，谁也没有能力

把额上的伤疤遮住，更何况是刀剑之伤

仍滴着敌人的血？你幡然悔悟于

绷紧的神经是神经绷紧的回应

一道诏书把拜服已久的绿宝石

没有说到顶戴，是搜刮民脂民膏的保证书

还揣怀在某些人手中。因为

圣主的大近视，他们慌忙退进

人脸那般的光滑表面

6

对于水，你像南方的祖先

拥有两看的哲学。赤脚蹚过洪水

即是时间性地凝固了久等的亲人

期盼的家门的形象。他们不走进去

不代表不带回什么。每年这时

都从水里打捞粽子

虽说有人最先找到那块石头

两只手印紧紧地按着

可战胜一切消逝之物的空间

朝堂，庙宇还有桑田

但，江水横流似乎注定

让遗迹见证遗忘的可怕

像一首诗，不引领时代的颈脖子

往谗言的匕首上送

当姐姐也被推向战争的前列

可回答的，只能是写这支歌谣的时候

为她腾出一些章节

7

最与性命攸关的容貌被雕刻成鱼

游动之状是族谱赋予的笔触

碰上了岩石。你从古生物沉积层里

认取出自己最初的相似物

亚热带雨林，只要内心加一点热

高烧过后，会有人以吃空气的方式

与你交流。果腹之法

如密宗修行，于暗室之中，默念

怒目金刚在脸上呈现的法相

恐惧与消除恐惧，是耳朵

是否听过闪电说话

你知道了云与云相碰

必然有一个是穷人，毕竟冰雹是危险的

水的稠密度有异质入侵，酒可砸中人

当高压线般把话弹向高空
听者慌忙离座，总担心触电
比这更高压的书本在听着呢！
你也学着嗜书如命
床上摆满雷区

8

每从梦中醒来，你都轻易不敢触碰
人脉这根红线。除非火
需要更多木柴平衡一杯水
对生命权利的褫夺所造成的失衡
你不断修改你的文章
像父辈们不断参加科举考试
出入制度化与反制度化
共有的场域——长布衫
最体面的形象设喻。如果
排酒钱的时间间隔再长一点
就会有捏虱子的哔啵声
作为一种风骨的注释
先于旗杆夹上功名的篆刻
横陈在那些蜡黄的面孔前

眼球深陷依然有矍铄的余光

扫过一个人骨头的漏洞

漏洞来自他的老妻

越来越薄的胃壁

和孩子们的腹鼓之声

向着病困于床上的父亲

聚拢并托举一张破旧的毛毯

如何度寒秋中的一片落叶

于摇动的旗杆上的空房子？

9

都谈到了愿景。一锄头下去

泥坑的深浅，没有谁

随便伸手去试探

因为，没能预知下一锄头

什么时候会落下来

栽种的，不会是"救命"之声吧？

先是一城牡丹喊过

可要回答这一宿命

你却找不到词

像龙悄悄来到书斋

隐喻般打开青铜的耳朵

才能确证曾有这么一位听众

给你送过应对的金属文字

如果，同一时代还相信荒野

具有养虎的现实意义

豺狼也就来了！只要那半亩农田

还可以刮出脂膏

谎言还在疯长野草，一部官僚史中

吼声会再次引发

深陷泥沼的那虎步酝酿的

提起地球的勇气

10

大鹏的翅膀要穿过二十四史

寻见从源头鼓动的风

海盗的船帆也就来了

像倒灌的海水，那些冒汗的臂膀

热气蒸腾的炮管

都不是传说。有些语言你听不懂

有些炮弹像哑谜

等着你去猜

——君子不器的合理性及缺失

毕竟一头倔牛要转身

还得站起来

像皇朝那沉重的躯体

依旧装满草料

消化实在需要两个胃

粤语从来不是一种方言

伯父们把它藏起

绝少以另一口音示人

就算平息了水里的风涛

南音也不会变硬

独有悬镜里的鹤所依恋的

梅树的遒劲与其互喻

11

过早被投入植根于迷信

又只活在公文中的几句好话

长辈们举起你的小手

像提起一只翅膀。这不能成为

你写诗的理由。像电子邮件不能

抵达最初的襁褓

——诗歌诞生的对象

除非是红包，于今天的庆典

打开或置之不理都将完成

一种神秘的瓦解仪式：

巫师身穿母鸟的羽毛

对着天空挥舞着他的巢

试图把家定格在树上

可风雨飘摇，已揭示了

诗歌题目之无法确定

裂痕已经产生，修复像回忆的线

总被那几个纽扣挡在

衣服之外。诗歌的伦理

像饥寒交迫的你

再也无法无所顾忌地解开

一只乳房所承担的民族命运

是从源头提水，用多少嘴唇

带出多少流向的谜团

12

远方开始响起雷声

预设了花园里的苹果

落向那些石头脑袋

大戈壁的祖先，雕刻着精美的青铜器

也碰壁于此，河流

有苹果酒的味道，北方

逆旅之人的呼喊

作为神的脚印的挖掘现场

战火成为第一见证者

而难于逃离奔跑本能的野兽

特别是鹿，诗人所讴歌的野味

散发着诱人的误解

允许误读，只能让你家的狗

更确定目前逼近的，将成消逝的表象

家中的墙垣更实在

总能把翻墙的脚印

导向伟大的历史时刻

13

病是吃命的开始

像父亲为自己留下了一息

也为自然，他们都称为祖先

或者土地得以

代代交予蛇来保管

南方如果要驱除它

病的传播者

者字，对于束手无策的现实

语法最需要后来试图破译

生命之限时，以作为儿子的部分

像基因链重新嵌入

信子所召唤的危险之物

红，特别是血红可穿越

信仰与迷信的界线

祝祷是多余但又是必须

还是因为空虚

不可能在一个病人的身上

无限度地膨胀

从而扩大为整个家庭的堤坝

有所缺裂，你所熟悉的

人类的相似片段洪水般

向着病床汹涌过来

此时，你能握紧的也只有

这把缰绳般的钥匙了

14

但，颠簸保存的一方土地
又如何让其安静呢？
你知道马蹄敲下的脚印
都预设了一段年龄
加上另一段国界的不安
在年谱的明显处
成就成人世界的评价：
速度代表了勇敢
可至诚处，已无人能区分
哀泣到底有多少药力？
是戏剧性的重演
还是原创性地给予天地
力比多的重新发力？
如果，六月下雪
父亲的丹田将飘荡着
铡刀的寒气，天气预报
也会失准：寒潮抵达五岭
忽略了速度在短时间内
热同样抵达任何人

15

务实与务虚较之帽子与风

从谁的头顶抽绎出一条路

你曾自困于藏书楼，路绕来绕去

一转身，这蝴蝶就在花园里

找到山林微缩了的

可娱情的时日

影的斑驳落于你以少年心事

磨炼出的些许诗的虚荣

之镜。镜上尘埃有无数只眼睛

像汉字，在那时的岭南

正等待用粤语来训诂

故纸堆，本来没有更多铿锵

何来胡尘，再次掀起

读经救国的前期演练？

一个人照见另一个人

需要你说，我已追踪太阳好久了

只是摆脱不了阴影的纠缠

而当断了火中取诗，凤凰的篇章

实是灰烬挣扎着站起来的一念

你将赋予

文本过渡到另一个文本的安全性

来避免烧手的危险

16

可疼痛是不可避免的，若你去掉

语言形象化的误导

重新触摸物，并在火烧眉毛

巨石滚向河道最窄的喉咙时

引出那条道理——

蛇，从没放弃过智慧

以及咬人，并从伤口中

生出翅膀（现实的乐观主义者可乘的基础。）

你写那人子的墓志铭

也要按照这高度俯瞰

多么像月亮的孤寂

当谁走进荒郊，途遇的

只能是刻板的文字面孔

一张张叠成古人的著作

等身的视域，你能达到吗？

看来，碑石已深感速朽的乐趣

在宿草的借居之地，有友人

先于它们的脚印步入永恒

（不是习惯收拾纸片的行为

像色块，拼凑出

一个民族突然出现的背景。）

17

占相术的先验性已为圣人

准备好多副面孔，你选择了哪一副

于同一成长阶段所面对的苦难

从旷野的浩叹中类似于轮回般

重新把血肉的痛苦引回文明之根？

"母亲，是你使他小

你是那开始他的人。"[①]

也是关闭了许多，阴影透过墓门

慢慢埋下路向的伏笔的那一位

有人走向天使的行列，叩问

也可以用决堤的黄河，作答

只有你懂，那些试图

改变它的入海口的举措是徒劳的

---

① 引自里尔克《杜伊诺哀歌》。

鱼挣扎在网内或某人的手上
可呈现不同命运。当外祖父
将一份信心托付于你的父亲
像家庙传来婴孩洪亮的哭声
母亲便将一根红绳系住血脉的小脚丫
从此，再没有人能从星座中
把你带走

18

解释梦中的这一场葬礼
何以源自你的母亲？
曾梦到的微缩了的圆形之物
被套上了祭祀的光环
那些对新人的指涉性暗示
更接近死亡，而死亡更接近
祖辈们的旧业
你将独自默诵暗室中的典籍
随旧物所特有的音容
凝聚成族谱中曾有的江湖
豪杰的笔调，铮铮然
有了京都声。许是在你涉足边患

这课题时，母亲已经给了你

制度上形势的保证

像整套士大夫哲学：

"输人，莫输阵！"

经过村中老妇口耳传诵

更能切合《论语》中的君子之学

是的，弱女子要开风气之先

真有点农民起义的意味：

迷信养育着饥荒

19

还是透露出第二代的恐惧

如果，写诗已想到了丢弃

火的第二代所言中的

曾被时间迟疑

拖延到战争被说

是占卜用的鸡不符合

更宏大的言说理由

只留一个书名，还可以

让对号入座的神主牌

容忍一炷香的古雅

像焚身被误解

任何从胚胎出来的雕刻之物

都得到石头的确证，相碰

什么时候冒火花或转瞬即逝的

豪言，为驰赴

真伪立辨的死亡

你已无须亮剑，藏锋

收敛起雪崖的耀眼

三座雪崖三顾于羊城书院

构想的天下唯才，却又遗失了草鞋

让羊群绕城一圈

留下寻找出城的线索

20

自牧于旋涡和山之间

你挤上了运动的起始

文字代替一方水土驱赶河流

包围圈越是变窄

越是用你的大近视观察

笔画的走向，火冒金星地

在大地的边缘打滚

南飞的雁阵，扬起多少

高傲的额角。它们发现你吗？

正塑造起它们带来的北国雪飘

以扫帚停在访客脚下

引起双手如抓住断崖的松树

听——滚石如果有耳朵

一长一短的路，可托付给

山鬼细碎的脚步

（修族谱的毛笔，在发凡起例时……）

迈进先人上山的行列

谁也没想过要藏起火种

趁着读到这些文字的人，没有防备

在他眼中放一把火

21

可溯源于任劳任怨的继母

外头风霜，是她

从土墙里走出的身体，一直是

用劳动者之手塑造你

来证明：天下兴亡匹夫有责！

并非源于地方望族祖宗的庇荫

能把家藏的经书供奉在衰乱之世

仍用豆腐的香气辨别胡同的博雅与粗鄙

你不曾走出那些滚烫的形象，只以暂别

拉开既定事实投在凶险中

亦能心不跳、脸不红地去告密

或行贿的可耻行为的距离

来证明：行己有耻！

都可在一个人的水死中

引申出复仇的伦理

"伏清白以死直兮！" ①

无论河流，可溯源到哪

你将一直走进它的内部

像河岸上的众多守望者，之中定有

农人磕下烟灰的痕迹

22

而笔耕对于多雨潮湿的季节

还可存储多一些纸张，为稻粱谋

整副黑肚皮里反刍的谷壳

---

① 引自屈原《离骚》。

能作中岁的背景，可你还是很青

流汗与主题的变换，竹子也在变脸

石头滚下斜坡般的狐狸鸣叫

又怎能不让你惊惧，发狂

你相信了秋季，竹杖芒鞋

还没达到之境，现已乍暖还寒了

它将以催开一部《易水》的重演

滩涂的脚步声是最好的隐喻

相比于晚宴中兽类间的嗷嗷

无疑像卷轴慢慢展开的文明

最后一帧，又或者是你

言语中藏有的士气——

"薰蕕不同器而藏也。"①

到底哪一坛泡菜

识别着不同家庭那只戴玉镯的手

所调制的香味，会从哪个阁楼

飘下回不去的乡愁

母亲也喊不醒他？

---

① 《孔子家语·致思》记载："回闻薰蕕不同器而藏，尧桀不共国而治，以其异类也。"

23

灯花的微光，其价值已涨到
垂死之人，把颤巍巍的手
伸出初中生的课本，那程度
晚清的汉字中吹过一阵阴风
你早过了害怕触碰文字禁忌的年龄
可以畅所欲言吗？督学脸上泛起
特有的回光。所幸，并未在
瞿然而起之后，应验了那只
带出晚霞的雁，像天才的绝唱
消失于他的耐心等待的这场偶遇
奇绝，不是短时间内
升华了你与帝国的金字塔顶
最近的距离，而是，在未来
如果，笔墨真的可以嗅出
它曾从哪些人的思想中
散发出的气味，笔迹像绳
一直绑在两人的师生情谊上
可你不愿提起，其实，文章完成之时
你也没有抬起头来看他
命运时常眷顾的幸运者又怎知

民间的疾苦与圣贤所谈论的
只可像祖母隔着门板
谈论祖宗的脚步声是要苏醒
于众多纸张的浪费之后
依然不无道理地再踩上一脚

24

唉！这沉重的叹息怎能不让
考场的门楣压垮
狗国之人豢养的大驼背
取巧的瞬即溜过去了
多年之后，应该再无人
对这些亭亭如盖的帝国栋梁
投以回望之意，门墙砌起
高过你的视野。原来的栅栏
吹过一阵穿堂风
操刀的厨子已无意把牛的肌理
理顺，鸡露出白皙的皮肤
吓着了念念有词的士子
这不是换衣服的时候
"我劝天公重抖擞，

......" ①

共同所处的天宇回荡着

省略号的病体，但，吸入了过多鸦片

25

消费，概念性地烙上

银元的罂粟商标

清末的沿海正大规模消费死亡

偷换生存意义在课本上

为营私的冒险行为

不再像杨朱的哲理

只作为旷达的山林铺垫

又或是江湖

引诱了你的朋友

改换着帽子的式样

不像屈原固执地穿

同一尺码的鞋子，无论生死

对于安慰他的人来说

眼前的河流已无法丈量

---

① 　引自龚自珍的《己亥杂诗》。

他比河流更永恒

早该从上流送下家具了

鸡鸭是不是尸体

则取决于抛向洪水中的绳子

还存有多少血性

（化妆间的胭脂

过往必须在生意场上

反复涂抹。）

朋友们也知道

你总拿着那面肃整衣冠的大镜

出没风涛之中

26

六月，太阳伸出火把的臂膀

疯子帖木儿的马和他的影

祁连一带又开始骚动

像映画戏播放时的

镜头跳动

你亟须调整阅读速度

方能跟上这突然而至的裂变

"去以六月息"①才可理解为
纪年法造成的时间落差
暴露出一只鸟的欲望，膨胀到
运载整部清史的统治策略：
空出的，换个头像继续跳舞！
为此，烽火台成为战场上
无辜的道具。只为猎物的微笑
在得到宠幸后，仍留恋故土
升起的炊烟——忠良以头颅
一个接一个地撞向巨蓝的天空
此刻，黄昏烧着雪山——远征军
像鼓满风的帆船
再次把南方的视线抬高

27

藏在志怪小说里的野鼠味
与一柄钝剑结缘
拨开草秆，裸露两个头颅
龇牙咧嘴地向着对方复仇

---

① 引自庄子《逍遥游》。

流涎呈现阳性还是阴性

还是河流的属性

转换为黄沙。战场上的几帧照片

可记录的，只有回顾时

如初，提起的敌忾

从那墓穴遗留的铠甲里

发出阵阵寒气

——"月明星稀，

乌鹊南飞。"①就算

再幸运的天命遇上此景

也会把他的羽箭从石头里拔出

像苍生的广厦

钥匙就揣在那么几个人手上

拔出的洪水般，豺狼般

呼啸着，在你低头看的马镫下

28

这一纸文凭啊！真的需要旗杆夹

夹着它，这许多年？

---

① 引自曹操《短歌行》。

像书页间，就有炉灶

饭还没煮熟

你便掣掣而东？

（当然，翻过一页

是另一个大诗人的故乡。

朝圣，也就是从诗史中，

引出思想层面，最中国的面孔。）

只为砍柴时发现

竹节与手指的骨节儿何其相似

稍微从里往外看

便惊讶于那——白

有着陶瓷的质地

从此，国人话里话外

都掷地有声

至于那黑，永远像

及冠之后那双炯炯有神的眼睛

瞧着纸上的黑字

说要捞上一条白鱼来

（太极，无论是有极

还是无极。你都要抵达

一个人的极限。）

恰恰是某种平衡，才不至于

让你掉进深渊

书是读了不少

——河是容易渡过的

只要你在舟上做好标记

第八章

大戈壁，力量萌发的场域

刑天舞干戚，猛志固常在。

——陶渊明《读〈山海经〉》

1

我梦到了戈壁滩的石块
正在聚拢，崛起城池的屋脊
而我们的掌纹将印在
这片埋下你我的土地上
像马铃铛里
住着风雪的一生

2

陌生之域
雪下三尺
赋予敌人，如遇蝗灾的惧怖
我们的高粱地
也只能在后世的禁酒令中
犁开骨与肉共同指向的裂缝
我把马骨留在坟墓里
你把马肉存放在生命轮回
鹰也旋回的祷念中
风借火势

你借地势
"南下啊，让人类的史书
听到西伯利亚雪崩的声响！"
可是，对不起兄弟
将军的银铠甲，会融化一切
包括我们的仇恨！

3

我们的父亲，一个用脚思考的怪老头
他的思想总在羊皮纸上
打转，一时的心血来潮
把烟灰磕在神秘的角落
不需要谁人来澄清
误会，终将成为
你我走在一起的佐证

4

没有一双眼睛在监视
苍天的使者，有鹰隼
当死亡走到这一步，匈奴

基因中融进多少个异族的称呼

匈人、胡，越是紧张

越是抱紧武器而睡

越是在言语中，戴着青铜面具的形象

这都不如音韵学上的通达

Shun-Wei与Hunni之间的转化

东西的地域差异

便缩短在同一种生存中

也许，仅仅是对人类化石

做最后的念想，以及试图

活化博物馆中的草原猛兽

变于西戎，这视域

已不再是敌对的关在庙堂里

跟着同一种荷尔蒙膨胀

其中，争议是有的

但，遗憾的是要以羞辱结束

不同的思想

在官方名帖中，制造

中庸的身体，驯顺的表情

史料迷茫

黍离之悲

难道不能印证历史可以改变？

相似性无不倒流

诗人的生命永远负载

最沉痛的记忆

而每一次民族的迁徙

也预设了某种回归

"公刘虽在戎狄之间

复修后稷之业。"①

5

"靡室靡家，猃狁之故。"②

如果，张嘴便可以说服

"上帝之鞭"，此举荒谬

创作了一个模糊的词

在一条横贯东西的地带

石头只属于自然的托词

家不需要太多内容

土地还是土地

对蛮荒最精确的解释

---

① 《史记·周本纪》记载：公刘虽在戎狄之间，复修后稷之业，务耕种，行
地宜，自漆、沮度渭，取材用，行者有资，居者有畜积，民赖其庆。
② 引自《诗经·采薇》。

你不可能对其深度

有血液般的感情

长生天也只像个轻便的行囊

水源看得见

巨大的湖泊看得见

雪山布下了羊群的去向

来时的河流，如额济纳河

是我们所需的时间

流动性会穿越一座城

它的消失，已是温热的遗留物

"二月二十八日从居延来为孙幼卿出米三升"①

木简编号：1692

6

"第卅队卒尚武四月八日病头痛寒炅饮药五济未愈"②
苦寒

木简证明，这并非单方面的病痛

雪盲驱除了日出的意义

在墓穴的黑暗中，上演着

---

① ② 引自中国科学院考古研究所编辑的《居延汉简甲编》。

拜日的萨满

兄弟，我们的死亡多么相似

活着，也要靠生物链中的一环

度过循环的更高一级

可是，战争增加了它的浓度

喝药的经验退化为

寻找药方的经验，身体麻木

逐渐成为呼唤魂灵的彩陶

每碎一片

部族便透过裂开的河岸

虚构出敌人狰狞的面孔

像猛兽在我们体内撕咬

其形象外泄：战争

只在头上做文章

7

"诏夷虏侯章发卒曰持楼兰王头诣敦煌留卒十人女译二人留守证" ①

头可以有不同分量

---

① 引自中国科学院考古研究所编辑的《居延汉简甲编》。

他人是地狱

是因为，你认清了他的五官

跟你一样，可你不愿

分享面对死亡时的恐惧

可你不知，你的死亡

会被译成通西域的汉节

敦煌早已准备好了一扇门

让那条路，始于此

让海市蜃楼常降的国度

真实地传来驼铃

而我们的外交，又怎能

再把宗亲的女儿

画在纸上——用怀孕

翻译两国的和平?

8

发现你了，兄弟

将军把你挂在马肚子下

诗人把敦煌喻为

马肚子下挂着的几只木桶

诗意源于这场战争

急需整块花岗岩，胎化出

人和天物

殊死搏斗的一幕

的确也需要森林火灾

作千年后的预言：

民族的崛起，马装上了

飞燕的引擎

宛若5G时代

图腾与图腾在融合

弓箭与长矛比速度

9

许多脚掌追踪到的地方

岩画中的鹿就要复活

我们脸上的表情

呈现粗线条的变形

远方的神秘用最初的呼唤

把面具送到各处

而神圣的舞蹈

正模拟着洪水的跳动：

"地者，国之本也，奈何予之！"①

猛兽有一种铸造青铜器时的

嗞嗞声，像与猛兽噬咬

栅栏抽象为和约的过渡阶段

在武器的升级版中

圈养着洪水

10

房子建筑延伸至目光监狱

失国人之墙

已移进岩洞里哭

如果，草原上的漫游

是对城墙的反讽

那么，哭声在壁画的创作中

就为献祭的野牛正名

渗进石头里的牧场

依旧在巫师的咒语中赛马

与猛兽格斗

---

① 《史记·匈奴列传》记载：东胡使使谓冒顿曰："匈奴所与我界瓯脱外弃地，匈奴非能至也，吾欲有之。"冒顿问群臣，群臣或曰："此弃地，予之亦可，勿予亦可。"于是冒顿大怒曰："地者，国之本也，奈何予之！"诸言予之者，皆斩之。

实然要在城墙的缝隙

埋下一句诅咒

我们惊骇于

那场突然而至的风雨

却忘了，锄头

才是翻阅土地的工具

历史被修史者囚禁的时候

所有称号都走向敌对

11

粮食从土里长出

它们打开了

大戈壁的倒葫芦

金角大王和银角大王

在腹部深处

藏着几个小盆地

风吹草低，现出了刺目的牛骨

沙尘暴像黄鼠狼的遁逃

重又倒转战争的沙漏

祁连山用雪水的纪年法

继续给瀚海的浩瀚

刻画时间的亮色

12

我们头顶

制造水汽的冰窟窿

在海拔最高的森林脚下

漫过那条北极人

布下的雨带

自北而南

只有失群的马儿

见过久违的彩虹

"不教胡马度阴山。"①

我们各自额上的高度

一下子，呈现生命的落差

同一潭雪水，被马蹄踩碎

13

音信，越来越像

---

① 引自王昌龄《出塞二首·其一》。

敌国间的间谍

移动的速度，你是无法把握

大戈壁上的河流

断于水穷处

相濡以沫

是多么滑稽的戏剧

干枯以两眼中的空洞

为舞台背景

哭声在时雨的浇泼中

转向歇斯底里地发作：

"失我焉支山，令我妇女无颜色。

失我祁连山，使我六畜不蕃息。"①

14

"胡天八月即飞雪。"②

我们的空间意识被苦寒的气候

压缩在只有抬头看天的时刻

深邃到

---

① 引自《匈奴歌》。《汉书·匈奴传》引侯应话说：边长老言匈奴失阴山之
后，过之未尝不哭也。
② 引自岑参《白雪歌送武判官归京》。

脚走到哪里，都成深渊

大概湖也不过如此

嘴唇尝到雪水滋味的时候

也会担心

牧草没有足够时间

让出一块能长其他作物的土地

移民拓殖的想法

从来没能战胜

内心对瞬息万变的把握的

无能为力。也只有一些老兵

用他们的余岁，在耗

15

荒野是自然一下子突现

无数兽禽。你也在天性中

赋予野蛮常有的直接

简单最能接受纪律性

在生存斗争中，把猎物

交托的，只勾起一支箭

所有的思索范围

而又有那么一些时候

是万箭齐发

已无须考虑

这张早有预谋的人类之网

可达到

技术的什么水平？

"任何群的生物愈低级，

分布得愈广远。"①

16

从数字上确定了

我们之所有

都有赖于几何级的增长速率

这极适合引吭高歌

但，我们围坐如群山

内心的震撼，只来源于

你的耳朵。而你早把它

训练成风声

在马的运动韵律中

判断进攻还是撤退

---

① 引自达尔文《物种起源·地理分布（续前）》。

你就这样骑着一副热血的棺木
以死亡的意志交托大半生
其余的，用来筑造
那堵伟岸的城墙

17

先于消息的，可以是秋天
但命运循环所揭示的
往往千古一事
城市的高速公路
也脱不掉
根子里的骡性
和马群，强大的奔跑基因

18

赶在我们弄懂大腿的极限
如若要跨越
草原赋予的力量
胸怀可以无限地袒露
酒，张口便饮

骂声，脱口而出

唯独兽皮做的裤子

把羞涩

裹在风雪之内

兄弟，换一种气候吧!

就像国语

换一种新的呼吸方法

架构我们都称之为家

的那些木材

又有架设桥梁的各种可能

"居常土思兮心内伤，

愿为黄鹄兮归故乡。"①

___

① 引自乌孙公主《悲秋歌》。

第九章

《论语》，普世的木铎之声

子张问行。子曰："言忠信，行笃
敬，虽蛮貊之邦，行矣。"

——《论语·卫灵公》

一、学而篇

1

不是雪？

还是石头眼

质朴的星星

黑夜里下雪

你看不见，雪孩子

藏有铁屋子里的一根火柴

2

他们说你像孔子

是言语呢，还是外貌？

你清楚，夫子去后

河川上的行人

都会向你招手

"逝者如斯乎？"

只有时间

是确切无疑

3

无须为童年的愚钝
做掩饰，一个沉默的稻草人
背景是
整个宇宙的沉默

4

问
将有风暴
横亘于绝命者的心中
你不把五百岁和朝菌
等物齐观
而行色之内必有答案
冲撞你的傲骨

5

忽略了受教者的名字
面对旷野

绝不像后世之人
面对无物之阵
——生命
只需对树说话

6

把文章之道
置于可长可久的历史
孝心比棺材沉重
至于你身边的这条长桥凳
造它时的墨线早已隐没
至于你要诉说的
是很久很久
家庙里的牌位问题

7

要么习惯，要么文化之钟
已让你厌烦
它的嘀嗒声，他们更愿
感受速度唤醒的生命

越是往前，越是把并行的车辙
留给风雨中的一潭
你重新提出，是要忘了
制造如此思想的物象

8

不是说一块玉吗？
它要雕成猪龙的形象
必将受五谷养育
而猪槽又是人家的架构
在青云之志的高度
有唯一的泉流
流向咱祖的碑石

9

最平常的呼吸
越发离哀敬之哭，远
离一只可牵之手更远
我们回望，如若只看到我们自己
那么孤独将陪我们走

世界，会是多么的陌生！
当然，招不回一个死神
陪你走

10

巨大的红色风景正用一张张照片
和巨额车票
硬塞进单薄的我们的身躯
远方开始无边
我们一边写落叶的地址
一边穿上厚重的乡愁

11

复制父辈的种种悲剧
何惧消隐于背景之中
这是生命的复活
让昨晚的暴雨
有个安居之所，尘土回归大地
让石头作为偶像的质料
不至于在风化的时候

遗弃了雷霆

12

还是有一个理想世界

在我有生之初

等我回去。母亲

在我一步之遥

真的要回吗？鸡犬之声相闻啊！

飞机坦克要有个马厩

子弹要有只飞鸟

准备好重生

并献出它的翅膀

13

硬要我解释为何脸红吗？

如果言语先要被谋害

在行动之前

太阳的初升和西沉

更接近死亡的色调

那么，死亡和脸红

必将赤裸，沉默地应对彼此

14

你愿意受苦吗？
生活就是那只在夜里
馈你粮食的老鼠
千万别让你的敏捷
像猫一样。味道是凶器
那个抱剑靠草垛的士兵
将拒绝一场战争
就像拒绝言语，于梦
就是最低限度的一碗水
粮食也悄悄地来到脚下

15

一种叫高粱的粮食
是如何吞噬猎人的木桩？
捕兽器注定招来
一群兔子，那叫盲目的细嫩
命运事先把骨头吞掉

一群无骨的兔子
奔进你准备的竹筐
我不知，一种叫什么的食物
是如何吞噬我们的屋宇

16

洪水在天
我们不懂诺亚方舟的容量
走向你
不是旧人类的死亡
新人类得救
月亮还是照见家人的镜子
并非应许之地
这就是我走向你的原因
用人类的整个历史走向你

二、为政篇

1

寒露是要打湿

黑夜里，凸显形象的万物

譬若北辰

是要扭慢时间的速度

当睡眠形成一个巨大的斜坡

梦不一定掉进深渊

像西西弗推着巨石，挽救

巨石的尊严

2

那只能是方块字所做到的保守

高粱秆和泥夯实的土城子

是按照星宿的位置

你我站的位置，距离有多远？

就把生命的表盘

往彼此，挪一个刻度吧！

3

为良心选择一条蒙眼布
似乎，要送来整头大象
才能把你我
安置在各个单元里
当良心摸到粗壮
庞大的时候。似乎，环节性的
向前蠕动，才能暗示出
毛发的重要性，作为人的表征

4

果园里的苹果树开花
这是蓄谋已久的西方哲学
其存心稍微把生命拉长了一点儿
红色的圆圆外表
将在未来，铺设无数星际轨道
而当前问题，是如何把信仰
植入我们大脑中的那条幼虫里
这将改变我们对灾难的应对方式

既要防止黑洞噬咬心灵
又要接受瓜熟蒂落的命运

5

可以在马车的颠簸声中听清楚了
代沟是难逾越，还是否
幸亏你的对话者
是个好驾手，他不会问桥在哪里
又是谁拆掉了桥
没有敌人埋下的暗器
该是最好的谜底吧？

6

永远只有沙子
才会变成江河的
饼干和糕点，她会像煞有介事地
分你一块。如果你眼睛里
正滚动着潮润的沼泽地
——兰草，秋菊滋蔓一片
民族最初的秘府

她会把你留在马尿味

勾起的惊怖之中

7

至于南城的水土

至于犬马，游牧人往往把他的弓

拉成老鹰

也逃不掉的苍穹

肉食者更需要忠实的野兽

带黄昏落日中的寒鸦

退飞城里

退成古柏的肃穆与萧森

8

和泥巴的年代，从来没有想过

人类的早期历史从彩陶的游戏策划

还有一些挺质朴的号叫声中

展开太阳与大地的交媾

其明暗分界慢慢凝固在马群身上

它们跑进城市

以布娃娃的形象，青铜的质料

铸造明分是非的一只饕餮

9

领受光辉的福泽

你沉默得像夜空中的一弯新月

"人类用尽所有智慧

只为感受一下宇宙的宁静。"①

而你只需一个角度

也无须推动黑暗

中的所有脑力

10

种子的意态，当有半透明的介质

来提供可窥视的锁孔

这是时间齿轮倒旋时

---

① 　［美］马克·科兰斯基《1968——撞击世界的年代》记载：宇航员迈克尔·柯林斯基回顾在1969年夏天环月轨道飞行的感觉：我真的相信，如果全世界的政治领导人能从，比如说10万英里距离的地方遥看我们的地球，那么他们的世界观将会发生根本性的改变。那些至关重要的国家边界根本就看不见，吵闹不休的争执也会突然鸦雀无声。这颗小小星球将会继续旋转，宁静安详。

把一株古松的倒影投在
目光的石壁上
鸟儿供给它青翠
铃铛供给它山岚
像必然来临的根须
咬定此欲坠之身

11

已坠入平展的身体
我们织就的一张网
猎食，窥视
对于各种有意义的象征来说
腐烂
正蠕动着不可辨别之物

12

不再讨论云梯
是搭在攻克的城墙上
让历史中多一双疲软之手
来写无硝烟的战争，可以消弭于

时间的钟摆
人类对于发条，可以一无所知

13

月亮敲得比背后的铜锣还响
当然，柳条的怒鞭
已打过它了。晚云留下的足迹
随浪的节拍起舞
把你的马
暂时拴在河岸旁
如果，你要言说河流的去向

14

把土墙上的手影，剪下来吧
明儿，鸽子们筑巢于此
于千里之外的一封信
再次说到兄弟们的谷仓
和那些照耀大地
容纳万物的理想

15

朋友不来，消逝的还没回来
像孔子看水
庄子坐在源潭边垂钓
试图，让鱼
咬咬麻木的神经

16

捉住天边的飞鹤
是目力所及
是生命的弓弦拉到它的边界
嗡嗡声所及
是你胸腔里的马
陷入草木的嘶鸣之中

17

只有珠穆朗玛才有资格聆听
猛犸象的最后足迹
以及它们的皮毛裹着

人类可怜的耳朵
——归路，是骨头化石
一堆堆需要考古学
确证的，用火痕迹

18

别急着走近那湖
宁静，是内心最深的蓝
几座岛屿洗着她们的长发
拽你跳出现实
罪过！长途汽车颠颠簸簸
只为众神惊视那刻

19

妖，设计的金蝉脱壳法
是安全的最好保证
为这夏天献出许多枕头
那么睡眠，是谁设计了
我们梦到的黑月亮
正悄悄落进牧童

耗尽田园诗的时空
凝聚力之后
作为妖的意欲里？

20

宗庙里的心灵拯救
是那只窥探肉体秘密的耳朵
拥有了倾听的合法性
听诊器般
摸索着欲念香案升腾的缭绕
是否触动泥塑菩萨
观念中介乎母性与父性的
共有隐秘？

21

家在兽毛飘飞的牧场
那叫天穹的象征
大圈套小圈
不是因为害怕流泪
而是眼睛流浪

向着太阳的光圈，像洋葱
脱下一件又一件秋衣
与虚无的热量

22

切合身份的观照
如果在一面后世的镜子里找
某种理想的信念
能拉近彼此间的距离
正如大车
辗过一堆牛粪时
所引起的气息
无论你怎样擦
你的眼睛里依然是尘土飞扬

23

已闯进巫术的场域
时有不可知
作为知识悬崖上的迷雾
稍许一只鸟儿飞过

所引起的肉欲
也会让黑暗，羽毛般
狂奔至光明
那时，我们身体里的玻璃球
将回应着各种历史的诉求

24

有一只眼，一直盯着你
对它的跪拜。它者
已活在镜像中
是否有勇气重新站起？
是否有一条绳子
在你手上一直抖动？
战胜这爱之欲吧！
不怕脊背上的神经
插满柳树枝

第十章

终将汇聚于大湾，这颗心

然则中国富源之发展，已成为今日
世界人类之至大问题，不独为中国之利
害而已也。

——孙中山《实业计划》

赛先生的"中国梦"

突然，给予人类

和平的急降法

如大梦初醒的章鱼

失去向来之烟霞

到底是战争

消费数千百万生命

还是，数千百万个胃

消化着天堂投下的炮弹？

以为整个西方都是

亚当的子遗

像渔王一时失去了生殖力

艾略特证明在四月

流浪狗在荒原里

扒寻机枪生产工

消毒水混合体液的军用机场

疯狂的输送带

突然，发现资本之巨大

鳄鱼之胃，却随时间

在收缩

唯独东方，这条巨龙

到初醒时，许久

靠着稀粥苟延一只饕餮之梦

此刻，赛先生

以刚柔相济之法，提出

"造巨炮之机器厂

可以改制蒸汽辗压"①

以治中国之肠胃

"制装甲自动车之厂

可制货车"②

以输送中国各地的营养

凡刺激中国重生的

无不，复活人类之元气

香港·街头

街上的行人

圈养着广告牌式的浮云

①② 孙中山《建国方略·实业计划》记载：于斯际中国正需机器，以营其巨大之农业，以出其丰富之矿产，以建其无数之工厂，以扩张其运输，以发展其公用事业。然而消纳机器之市场，又正战后贸易之要者也。造巨炮之机器厂，可以改制蒸汽辗压，以治中国之道路；制装甲自动车之厂，可制货车以输送中国各地之生货；凡诸战争机器，一一可变成和平器具，以开发中国潜在地中之富。

如果，他们把你当作
匆匆的旅行者：
对准想象中的资本，出手
把所有姿态，对准高楼的镜面

如果，你不能立刻改变身份
你就敲门
但，真理戴着耳塞
正疯狂地在商铺里跳舞

就等心平气和吧！
出海的人，带回21世纪的喜讯

澳门·安全岛

骨头造成的沉默，伟岸如旗
抵抗着漂泊的土地
一群人
曾被条约砸了一下

登岛，寻安全之地，还有母语
在车流的旋涡中

紧抱一根旗杆

深圳·穿过隧道

不像在走
像是飘飞，脚步的一轻一重
光与影的交替闪现
有序
克制
把白天与黑夜的茧
带进来

一条闪光的丝牵扯着
走动的人
万千丝光
被牵扯出去
像一只抛光了色彩的蝴蝶
刚挣脱了
预设的网
又掉进更大的洞穴

汽车呼啸而过

我们把回声当作福音

改良广州水路系统

海洋之肥沃
亦须江河之灌溉
太平洋何其壮哉！
广州，被三江的河伯
推向望洋的兴叹
如果，西方月亮的引力
已回潮，如产卵期的鲑鱼
洄游。何处是故乡？
必将沿着珠江口上溯
往西，从三水至南宁
云南之云化作贵州的瀑布
身上摇摆着锡铁的撞击声
往北，翻越南岭
学子的抱负透过梅关古道
北望神州，何其壮哉！
往东，从黄埔到惠州
大轮船往来其间
大轮船从亿万年前的

煤矿中驶来

来了，不辞长作岭南人

红星公路

历经多次修改，它可以弯曲

复叠，正如红星公路

绕过清朝的驿站

你可想到，海疆军情告急

一些可疑的人，一些马影

逃难的乡邻惊魂未定

这条路，曾走出活命

镇志里的讲述，埋伏着

许多荆棘，峭壁

如果，给家乡寄信

文字只可闪烁其词

多年后，我跟他们相遇

在共同的地址里，像1958年

人民公社，让这条路

拥有人民的底色

我们日日走过

隐约听闻，内心的推土机声

建设中国西南铁路系统

为挤压一条马路时
有否想过，我们为生命的宽裕
预付了多么昂贵的路费
早在构想西南铁路系统之前
法国的窄轨火车
已解剖着西南的石牛
而赛先生的构想
重点是接过科技，这把尖刀
技术便在大江的统筹之中

山水的形成必有它的命运
自然之力，永远引领
人类的脚步，这钢铁路途
我们何不跟着它走
先生永远坚信，西南的血脉
终将汇聚于大湾，这颗心脏
而整个系统的搏动
又把太平洋的浩渺
植入大山的视野

生命需要循环
可在城市的拥堵之中
他们只能聊起家乡的高铁车站
是源于为旅途中的脚步
腾出可迈的位置吗？
我们觉得介入彼此的记忆
才是聊起家乡的理由